「あなたは、自分で思っているよりも、ずっと素敵な
女性ですよ。私の理性を奪うくらいに、ね」
彼の言葉と甘い声に、真綾の膝ががくがくと震える。
（わたし、こんなに濡れちゃうなんて……）

お見合いだけど相思相愛!?

～エリート官僚は新妻を愛でたおしたい～

御厨 翠

Vanilla文庫 Miel

お見合いだけど相思相愛!?

エリート官僚は新妻を愛でたおしたい

Sui Mikuriya
Presents

イラスト／八千代ハル

プロローグ

その日の夜、念入りに入浴を済ませた真綾《まあや》は緊張していた。高級ホテルのベッドの隅で身を縮こまらせ、夫となった彼の訪れを待つ。

今日真綾は、結婚式を挙げて人妻になった。夫の大和《やまと》とは見合いだったが、初めて会ったときから心を奪われている。

（少し緊張するけど大丈夫。大和さんにちゃんと言わなきゃ）

ちらりとベッドの片隅に置いてある袋に目を遣《や》り、ごくりと喉を鳴らす。

式もたいそう緊張したが、今はまた別の緊張感がある。夫婦になって初めて迎える夜、つまり、初夜だからだ。

彼の計らいで先にバスルームを使わせてもらい、現在はバスローブを身に纏《まと》っている。その下には、通常よりも大胆な下着を選んで着けた。たわわな乳房が透けて見えるキャミソールに加え、セットになっているショーツにはクロッチに切れ目が入っている。まさに、男の目を愉《たの》しませるためだけの下着だ。

このような下着を着けたのは初めてだった。バスルームの鏡で自分の姿を見たときは、あまりの淫《みだ》らさに頬《ほお》が熱くなった。彼にも見られるのかと思うとよけいに恥ずかしかったが、今からすることを考えるとそうも言っていられない。

(大和さん、喜んでくれるといいな)

膝の上で両手を握り、身を固くして彼を待つ。すると少しして、真綾と同じようにバスローブを羽織《はお》った大和が歩み寄ってきた。

「真綾、お待たせしました」

「い、いえ……」

声を上擦《うわず》らせて答えると、彼がとなりに腰を下ろす。真綾は視線を俯《うつむ》かせ、全身で彼を意識する。

身体が痺《しび》れそうなほど低く甘い彼の声も、涼《すず》やかでストイックさを醸《かも》し出す美しい顔立ちも、真綾の胸をときめかせる。

百八十センチの長身に、アスリートのように均整の取れた身体つき、自分をすっぽりと覆《おお》ってしまうほどの長い手足——彼の容姿は完璧に整っていて、いつも見惚《みと》れてしまう。

「緊張しているようですね。震えている」

「っ……」

頬に指を這《は》わせられ、思わず身を竦《すく》ませる。

これでは怯えているような反応だ。そうではないと伝えるために彼のほうに身体を向けると、魅惑的な微笑《ほほえ》みが目に飛び込んできた。

（うわ……本当に、大和さんって素敵だな）

濡れた髪も、バスローブの合わせから覗く鎖骨も、男の色気に溢《あふ》れている。美形は何をしても絵になる。それは、お見合いの席で彼と出会ったときから感じていた。

「緊張もしていますが……大和さんの奥さんになれて嬉しいんです」

挙式と披露宴では、彼の仕事関係の人間や真綾の父の関係者が多く、結婚したのだという感覚よりも先に疲労を覚えた。ふだん面識のない大勢の人々に挨拶《あいさつ》をして回ったため、気疲れしたのである。

けれど、ふたりきりになってようやく実感した。彼と結婚し、この先の未来を共に歩んでいくのだ、と。

「ふつつか者ですが、よろしくお願いします」

「こちらこそ。あなたが私の妻になってくれて嬉しいです。……真綾」

大和は真綾の後頭部を引き寄せると、唇を重ねた。閉じていた唇の合わせ目から、ぬるりと舌が割り入ってくる。

「んっ……」

お見合いをしてから今夜までの間、もう何度も彼にキスをされた。いやらしく舌を絡ませ合う口づけを初めてされたときは驚いたけれど、すぐに夢中になった。

口腔《こうこう》をかき混ぜられ、互いの唾液が交わる。くちゅくちゅと卑猥《ひわい》な音を立てて粘膜を舐《な》められると、身体の芯が熱くなっていく。

(気持ち、いい……)

幾度となく味わったキスにうっとりしていると、髪をそっと撫《な》でられる。真綾は彼に触れられるのがとても好きだった。手つきが優しいからだ。愛情を感じられるしぐさに、ゆっくりと体内が溶け始める。

「んっ……んぅっ……っ」

キスに没頭し始めたとき、バスローブの合わせから手を差し込まれた。胸の先端に刺激を与えられ、思わず肩を震わせる。

肌触りのいい素材の布とわざと擦り合わせるようにして乳首を捏《こ》ね回されると、じんじんと疼きを増した乳嘴《にゅうし》が硬くなっていき、その存在を主張する。

「ンンッ……ん……ッ」

絶妙な加減の愛撫にぞくぞくする。ほんの少し触られただけなのに、身体に変化が現れるのを自覚した。割れ目がじっとりと湿り気を帯び、ショーツに淫液が滲《にじ》んでいる。

膝をもじもじと擦り合わせて快感に耐えていると、大和は真綾のバスローブをはだけさせた。そこでようやく唇を離され、あらわになったキャミソールをまじまじと見られる。

「煽情的《せんじょうてき》な下着ですね。私のために着てくれたんですか？」

「は、はい……」

「清楚《せいそ》なあなたが、私のためにこういう下着を着けてくれたのかと思うと興奮しますね。脱がせなくても乳首が勃起《ぼっき》しているのが見えて、かなりいやらしい眺めだ」

「あっ……」

勃《た》ち上がった乳頭を爪で引っ掻《か》かれ、びくりと肩が震える。彼の指摘どおり、透けたキャミソールから見える胸の頂きはひどく卑猥だ。はしたない格好をして恥ずかしいと思うけれど、喜んでもらえたならそれでいい。

真綾は大和といると、いつだって嬉しい気持ちで満たされている。恋する楽しさもドキドキするような出来事も、すべて彼が教えてくれた。

「綺麗ですよ、真綾」

真綾のバスローブの紐を解いた大和は完全に前を開き、キャミソールの上から双丘を揉みしだいた。彼の指先で胸のふくらみがいやらしい形に変えられていく。大きな手で乳房をまさぐられると、甘い吐息が漏れてしまう。

「は、ぁっ……」

「脱がせてしまうのはもったいないですね。今夜はこのままましましょうか」

大和は乳房から腹部へと指を移動させていき、太ももをゆったりと撫でた。

「足を開いてもらえますか？　下も可愛《かわい》がってあげますから」

囁《ささや》かれた真綾は、言われたとおりに足を開こうとした。しかし、ベッドの脇に潜ませていた袋が目に入り、ハッとして彼を留める。

「待ってください……用意していたのは、下着だけではないんです」

（わたしだけじゃなく、大和さんにも喜んでもらいたい）

真綾はその一心で手を伸ばし、袋を持ち上げた。彼に中身が見えるように差し出すと、頬を染めながらひと息に告げた。

「大和さんのお好みがわからないのでいろいろ用意しました。どうぞお好きなものを使ってください……！」

袋の中には、様々な大人の玩具《おもちゃ》が入っている。

（末永く一緒にいるために、これは必要なことだもの）

真綾は羞恥《しゅうち》を感じながら、ここに至るまでの道のりを思い返した。

1章　お見合いは期間限定

六月中旬のとある休日。園田《そのだ》真綾は父母と共に、高級料亭の一室にいた。自身の見合いがあるためだ。

今日は赤地に華やかな牡丹《ぼたん》の柄行《がらゆき》が描かれた振袖《ふりそで》に身を包み、腰まで伸びたストレートの黒髪を結い上げている。眉の位置で切りそろえられた前髪が年齢よりも若い印象を与え、周囲からはさながら日本人形のようである。

「真綾。わかっているとは思うが、必ずこの見合いを成功させろ。今日の相手は、私が厳選した最高の男だ。彼——藤堂《とうどう》大和以上の男を探すとなると、難しいからな」

「承知しております、お父様」

凛《りん》と答えると、父・則之《のりゆき》は満足そうに頷《うなず》いた。

則之は大臣職も経験したことのあるベテラン議員だ。現在は与党の幹事長を務めており、次期総理の呼び声が高かった。

園田家のひとり娘である真綾は、『選挙区の地盤を引き継げる男と結婚しろ』と、幼いころから父に言い含められて育った。

則之は昔ながらの、有り体《あ　てい》に言えば古めかしい考えを持っていて、女の真綾を政治家にしようとは考えていない。女は家庭に入り、夫を陰で支えるものだと持論があるのだ。

母の雅美《まさみ》はまさに父の理想を体現した女性だったが、息子の誕生を望んでいた則之や生前の祖父母は、男子を産めなかった雅美を責めた。

則之や祖父母の態度から、真綾は自分が望まれた子どもではなかったと幼心に悟った。自分が男だったらよかったと感じたのは、一度や二度ではない。

けれど、決して悲観しているわけではない。不自由なく育ててくれた父母には感謝しているし、父の地盤を受け継ぐ優秀な男性と婚姻を結ぶことが、自分にできる唯一の親孝行だと思っている。

結婚に自分の意思が反映されないのは寂しいが、これも園田家に生まれた自分の宿命だ。何よりも、母にこれ以上負い目を感じさせたくなかった。

(必ず、このお見合いは成功させないと)

何度も自身に念じると、見合い相手の釣書《つりがき》の内容を思い浮かべる。

今日これから来る相手は、藤堂大和という財務省に勤務している男性だ。年齢は三十五歳。真綾よりも十三歳ほど年上だが、日本で一番有名な国立大学の出身で、在学中に国家公務員採用総合職試験に合格したエリート中のエリートである。

釣書には非の打ち所のない完璧な経歴が記されていた。しかし真綾は相手の経歴よりも、見合い写真のほうに目を奪われた。

藤堂大和は華麗な閲歴《えつれき》もさることながら、恐ろしく見目のいい男だった。シャープな輪郭に高い鼻梁《びりょう》、薄い唇や切れ長の瞳――ストイックさと男の色気を兼ね備えた容姿である。まるで作り物のような相貌《そうぼう》は、美しいとすら感じた。

（あんな人がお見合いなんて……女性に不自由していそうにないから、何か理由があるんだろうな）

真綾が思考に耽《ふけ》っていると、「お連れ様がお越しでございます」と障子《しょうじ》の外から声がかけられた。見合い相手の大和が到着したのだと知り、心臓が大きな音を立てる。

音もなく障子が開き、まず仲人《なこうど》が入室した。次に大和の父である義友《よしとも》、母の美佐子《みさこ》と続き、最後に本人が入ってくる。

「藤堂大和です。本日はよろしくお願いいたします」

スリーピースのスーツ姿の大和は綺麗な所作で腰を下ろし、父母と共にこちらに頭を下げた。真綾も挨拶をして頭を下げたが、彼の声を聞いて心臓が鷲摑《わしづか》みにされた心地になる。甘さを含む低音で、ただ名乗っただけなのにぞくぞくする艶がある。

（それに、写真よりも数百倍素敵……）

直接見た彼は、やはり相当の美形だった。それに加え、与党の幹部である則之を前にしてもまったく臆していない。常日頃から政治家と接しているゆえか、それとも彼自身が持つ特性なのか。ふだん、父に媚《こ》びへつらう人々を多く見てきた真綾にとって、大和の態度は好感が持てるものだった。

さすがは則之のお眼鏡《めがね》に適《かな》った男性だと感心しつつ、両親たちの会話に耳を傾ける。

時々仲人から話を振られて答えながらも、大和にばかり気がいって話が耳に入らない。

それでもなんとか体面を保っていると、やがて仲人から「あとは若いおふたりで」とお決まりの台詞《せりふ》を言われた。

両親と仲人が退室し、大和とふたりきりになった真綾は、改めて目の前の男を見つめる。

整った顔からは、なんの感情も読み取れなかった。表情が変わらないのだ。どうしていいかわからずに言葉を探していると、彼はおもむろに話し始めた。

「真綾さんは、確か二十二歳でしたね」

「……はい。春に大学を卒業してからは、父の事務所で雑用をしています」

卒業後、すぐに結婚しろと則之から告げられていた。そのため真綾は就職活動をしていない。花嫁修業と称して料理や茶道などの習い事をしながら、則之の事務所で秘書の真似事をさせてもらっている。

「失礼ですが、働かなくてもいい環境にいらっしゃいますよね。なぜお父上のお手伝いを？　お父上のように政治の道に入られるのですか？」

「……いえ。父は、わたしを政治の道に入れようなんて考えたことすらないと思います。わたしが父の事務所で働いているのは、一種の社会勉強です。社会勉強といっても父の庇《ひ》護《ご》下《か》ですし、あまり胸を張れることではありませんが……アルバイトすら経験がなかったので働きたかったんです。何かを成し遂《と》げたという達成感を得たかったのかもしれません」

大和の問いに対し繕《つくろ》わずに答えた真綾は、ふと目を伏せる。

これまでずっと、父に決められたレールの上を歩んできた。政治家の娘という立場から、嫌でも注目されるため、立ち居振る舞いには十二分に気を付けなければならなかった。則之本人のみならず、家族の何気ない行動で落選もあり得るのだと言われてきたからだ。

だから真綾は、〝政治家・園田則之の娘〟として、完璧な振る舞いを心掛けてきた。両親に逆らうことなく、他人から批判される行動をしないよう注意を払ってきた。

行動の根本がそうだから、人目がある場はとても緊張する。けれど、その一方でそれが自分の務めだと理解もしている。

(でも、結婚するかもしれない相手には誠実でいたい)

見合いを成功させろと厳命されているが、だからといって必要以上によく見せるのは違う気がする。結婚を前提に考えている以上、取り繕うよりも等身大の自分を知ってもらったほうがいいと考えたのである。

真綾の言葉に耳を傾けていた大和は、不意に表情を和らげた。

「素直な方ですね、あなたは」

「そう……でしょうか」

「ええ。自分を飾らずに話しているとわかります。素敵だと思いますよ」

彼の褒め言葉に、真綾は頬を赤らめる。

素直に、嬉しかった。幼いころから何をしても両親から褒められたことなどなかったし、周囲の人々からもらう褒め言葉は信用できなかった。彼らは真綾を通して、〝園田則之〟を見ている。父に取り入ろうとして近づいてくる相手を信用できるはずがない。しかし大和からはそういった打算は感じられず、だから真綾も素直に受け取れる。

「ありがとうございます……そんなふうに言っていただけるなんて思いませんでした」

「私は感じたままを伝えたまでですよ。では、あなたからは何か私に聞きたいことはありますか?」

問われたものの、すぐには思い浮かばなかった。見合いでの会話の弾ませ方を想定問答集で勉強していたのに、すっかり頭の中が真っ白になってしまっている。

焦った真綾がようやく口にしたのは、「趣味はなんですか」というなんともベタな質問だったのだが、それでも大和は嫌な顔ひとつ見せずにちゃんと答えてくれた。

「強いて言うなら、身体を動かすことでしょうか。朝のルーティンの一環で、出勤前にジョギングをしています」

「健康的ですね。学生時代もスポーツをやってらしたんですか？」

「中学高校と陸上をやっていました。走るのが好きなんです。風を切る感覚というのかな。社会人になってからは、あまりそう感じることもなかったんですが……あなたから趣味を聞かれて思い出しました」

大和は、何気ない質問にも真摯《しんし》に答えてくれた。静かで深みのある声は耳に心地よく、いつまでも聞いていたい気持ちにさせられる。

（お父様とはタイプが違うけど……人の上に立つのに必要な資質をこの人も持ってる）

則之の演説も、聴衆の心を引きつける。抑揚のつけ方や間の取り方が抜群なのだ。そして、声のトーン。老若男女が聞き取りやすいよう、一音一音を明瞭に発している。それは、大和にも言えることだった。

「真綾さんの趣味はなんですか？」

「わたしは……趣味と言えるかどうかわかりませんが、調べものが好きです」

「調べもの？」

興味を引かれたように問われ、頷いた真綾は少し恥ずかしくなりながら答えた。

「たとえば、選挙の際の遊説《ゆうぜい》先の情報もそうですし、後援会の方々おひとりおひとりの好みもそうです。個々の情報を事前に調べておくと、行く先々で喜んでくださる方に出会えます。お子さんが生まれたとか、誕生日が近いとか……逆に、調べておかないと不安で」

「もしかして、私のことも身上書にある以上に調べましたか？」

「いいえ、さすがにそこまでは。藤堂さんとご両親のプロフィールを読み込んだだけです。ただ……どういうお話をしていいのかわからなかったので、お見合いで想定される問答集には目を通しましたが」

こんなことを話すと、引かれてしまうかもしれない。政治家の娘なのに会話すら満足にできないのは恥ともいえる。けれど、見合いを成功させるために見栄を張るような真似をしたくない。あえて包み隠さず伝えると、彼はふっと笑った。

「あなたが素直に話してくれたので、私も倣《なら》って単刀直入に言います」

大和は真綾に視線を据《す》えると、腹に響くような美声で告げた。

「この見合いは、あなたからお断りしていただけませんか？」

「えっ……」

予想外の言葉に、思わず目を瞬《しばたた》かせた。まさか今の会話の流れで、見合い終了を宣言されると思わなかったのだ。

「どうしてでしょうか？　わたし、何か粗相《そそう》を働きましたか？」

「いいえ、そういうわけではありません。ただ、私には人に言うのが憚《はばか》られる秘密がある。それが明らかになれば、ふつうの女性は結婚など考えないでしょう」

真綾ではなく、大和自身に問題がある。だからこの見合いを断って欲しいと彼は語る。

（そう言われても……わたしにはこのお見合いを成功させないといけない理由がある）

簡単に彼の提案を受け入れられない。真綾は毅然《きぜん》と大和を見上げ、詳細な説明を求めた。

「藤堂さんは、いったい何を抱えていらっしゃるんですか？　理由もわからずに、お断りするような真似はできかねます」

「ああ、それもそうですね。ですが、聞いて後悔しませんか？」

「ここで教えていただけないほうが、ずっと後悔します」

間髪《かんはつ》容れずに答えると、大和が薄く笑った。

「あなたは存外強い意志をお持ちのようなので、お教えしましょう。――私は、特殊な性癖を持っているんです」

「特殊……？」

「セックスのとき、相手を拘束しないと興奮しないんです。わかりやすく言えば、ＳＭプレイに近いかもしれませんね」

（えええっ……!?）

思いがけない方向から秘密が明かされ、真綾は動揺して言葉を失った。ストイックな容貌をしている彼が発するだけで、〝セックス〟という単語がなぜかいっそう卑猥に響く。しかも、腰がぞくぞくするような声だからなおさらだ。

熱くなる頬を隠すように俯く。彼の言葉に照れたのか、それとも声に反応したのか。自分でも判然としないままでいると、彼は淀《よど》みのない口調で続けた。

「そんな男と結婚したくはないでしょう？　ですから、あなたからお断りしていただきたいとお願いしているんです」

おそらく彼は、見合いが進むことを望んでいない。だから簡単に、『断れ』と言っているのだろう。そうでなければ、性癖を隠して話を進めるはずだ。

「……教えていただいてありがとうございます。ですが、私はそういった経験がないのでよくわかりません」

礼を告げた真綾は顔を上げると、大和を真っ直ぐに見つめた。

ＳＭプレイだなんだと言われても、なんとなく想像するだけで具体的に何をするのかわからない。理解したのは、〝結婚に障害がある性癖〟だと彼が思っていることだけである。

（もしかして、それが原因で破局したことがあるのかもしれない。そうじゃなければ、こんなに素敵な人に恋人がいないはずないもの）

非の打ち所がない経歴と容姿を持つ男だし、どう見ても引く手あまただ。それなのに独り身ということは、よほど理想が高いか本人に問題があるかだろう。彼の場合は、自身の性癖がネックになっているようである。

「現時点で、あなたの性癖が結婚の障害だとは思いません。ですから、わたしからお見合いを断ることはありません」

真綾ははっきりと宣言した。彼に事情があるのなら、自分にもある。父の選んだ男性と結婚して跡継ぎになってもらわなければ、母は自身を責める。園田家のひとり娘として、なんとしても見合いを継続する必要があった。

「まずはお付き合いしてみて、それでもだめだと思ったらおっしゃってください。そのときはあなたの提案どおりにわたしからお断りします」

真綾は座布団を外すと、畳に両手をついて頭を下げた。乗り気ではない相手に食い下がるのはマナーに反する。それでも、諦めるわけにいかなかった。

しばし真意を見極めるように視線を外さなかった大和は、やがて小さく息をついた。

「ただの箱入りのお嬢さんかと思っていたら、なかなか気概がありますね。ですが、付き合うとなると私は遠慮なく手を出しますよ。いいんですか？」

「構いません。結婚すれば、当然そういうことをするでしょうから」

牽制《けんせい》されるが即答する。見合いを引き受けた時点で、真綾は腹を括っている。女として園田家に生を享《う》けた時点で、すでにレールは敷かれていた。自分が父の跡を継げない以上、則之が見初《みそ》めた男性と結婚する。それは幼いころから決まっている既定路線だ。

「覚悟があるというわけですね。まだ若いのに、私のような変態と付き合おうとするなんて、思いきりがいいというか無謀というか」

少し呆れたように告げられた真綾は、つい笑みを浮かべた。彼が真綾を心配するような台詞を言ったからだ。会ったばかり、しかも乗り気ではない見合い相手を心配するなんて優しい人なのだろうと思う。

「変態……というのが、どの程度の性癖を指すのか判断いたしかねますが、わたしも覚悟はできています」

「では、その覚悟を見せていただきましょうか。こちらへ来ていただけますか？」

大和は手を差し伸べるしぐさで、自分のとなりを指し示した。

なぜ移動する必要があるのか。彼の意図が掴めずに疑問が頭を過《よ》ぎるも、素直に従った。覚悟を疑われているのなら、しっかりと伝える必要があるからだ。

立ち上がった真綾は、彼のとなりに腰を下ろした。窺うように見つめると、形のいい唇が弓なりに引き上がる。

間近で見ると、やはり見目がとてつもなく整っていた。それだけに留まらず、歴戦の政治家並みに存在感があった。まるで父と対峙《たいじ》しているような心地にさせられ、気圧《けお》されてしまう。

「少し震えていますね。私が怖いですか？」

大和の指先が、頬に触れる。びくりと肩を揺らしたものの、首を左右に振った。

「怖くはありません。ただ……あなたの声を聞くと、なんだかぞくぞくするんです」

彼は類《たぐい》まれなる美声の持ち主だ。艶やかな低音で甘さがあり、耳に残る声である。少なくとも真綾は、ほかの人の声に対し、こんな感覚を味わったことはない。

「それはまた、面白い告白ですね」

艶笑《えんしょう》した彼は、真綾の顎を掬《すく》い取った。秀麗な顔が近づきドキリとすると、目を閉じる間もなく唇を奪われる。

「んっ⁉　ンッ……ふ、ぅっ」

(どうして突然こんなこと……⁉)

混乱した真綾だが、これが覚悟を示す方法なのだと悟ると、抵抗せずに受け入れた。

不思議と嫌悪感はなかった。それよりも驚きのほうが大きい。セックスどころか、キスすら初めてだったからだ。

(今日会ったばかりの人なのにキスしてるなんて……信じられない)

大和の唇は柔らかかった。上唇を軽く吸われ、背筋が痺《しび》れる。そんなことは初めてで、
頭の芯がぼうっとしてしまう。

彼は角度をつけながら、閉じていた唇にぬるりと舌を割り込ませてきた。驚いて胸を押し返そうとしたものの、その手を摑まれて動かせない。

あまり暴れると、着物や髪が乱れてしまう。それに何よりも、大和に覚悟を示せない。

『遠慮なく手を出します』と告げられて承知した以上、ここで抵抗しては意味がなくなる。

自身に念じて少しずつ力を抜くと、彼は摑んでいた両手に指を絡めてきた。

「ンンぅ……ぅっ、ふ……っ、ん」

　鼻にかかったくぐもった声が漏れ、なぜかひどく羞恥を覚えた。彼の舌はそんなことなどおかまいなしに口腔を這《は》い回り、真綾を煽《あお》るようにいやらしく舌同士を擦り合わせる。

（藤堂さんにキスをされていると……変な気分に、なる）

　初めてのキスは、不思議な感触だった。歯列をそろりと舌先で撫でられ、頬の裏側をねっとりと舐められると、身体が熱くなってくる。溜まった唾液を口内でくちゅくちゅと撹《かく》拌《はん》され、淫らな音が耳につく。

　縋《すが》りつくように彼の手をぎゅっと握ると、キスを解かれた。ふたりの間を銀糸が繋《つな》ぎ、とてつもない恥ずかしさを感じたとき、手を離した大和が自身の唇を拭う。

「キスだけでだいぶ戸惑っているようですが、それ以上のこともできそうですか？」

「は……い。大丈夫、です」

「あなたの覚悟はわかりました。では、三カ月ほど試しに付き合ってみましょうか」

　真綾の頬に指を這わせ、大和が微笑む。間近で目にした秀麗な男の完全無欠の笑みにすっかり見惚れていると、彼はおもむろに立ち上がった。

「これからよろしくお願いします、真綾さん」

　腰を折って耳もとで囁かれ、カッと頬が熱くなる。「私の声が本当にお好きなようだ」と可笑《おか》しげに告げられ、わざと至近距離で囁いたのだとわかった。

大和は見た目の印象とは異なり、なかなか曲者《くせもの》のようである。

ひとまず見合い継続の決定にホッとしつつも、前途多難の予感がしていた。


その後。自宅に戻って着替えると、則之に呼ばれて書斎へ向かった。

都内にしては広さのある敷地に建つ日本家屋は、代々園田家の当主が住んでいた歴史ある建物である。長い廊下を進んで部屋の前まで来た真綾は、中に声をかけて障子を開けた。

「お呼びでしょうか、お父様」

「座りなさい」

長方形の座卓の上座に座した父に言われ、淑《しと》やかなしぐさで下座に腰を下ろす。則之は座卓の上に置いた見合い写真を一瞥《いちべつ》すると、口角を上げた。

「藤堂大和から先ほど仲人を通じて連絡があり、このまま付き合いを続けたいと言ってきた。よほどおまえを気に入ったとみえる。よくやったな」

「いえ……」

父から聞かされた言葉に驚きはない。彼との話し合いで、三カ月間のお試し交際が決まったからだ。

だがそれは、大和に気に入られたからではなく、真綾が頼み込んだ結果である。

しかし事情を知る由《よし》もない則之は、上機嫌で続けた。

「いいか、真綾。必ず結婚まで持ち込むんだ。私の子どもがおまえしかいない以上、優秀な男を夫にしなければならん。おまえたちが結婚すれば、私の引退後に藤堂を出馬させることになるだろう。おまえはあの男の妻として支えていくんだ。いいな」

「……承知いたしました」

いまどきとんだ時代錯誤な考え方だが、則之自身も地盤を守っていくことを第一に育てられている。政治家一家の宿命ともいえる。

自分が父の期待に沿えないのは自覚している。だからこそ、唯一できる親孝行として、大和に覚悟を伝えたのだ。

(難しいかもしれないけれど、頑張って藤堂さんに気に入ってもらえるようにしないと)

男性に対してなんらかの手管を用いるような賢《さか》しさがあればよかったが、あいにく真綾にそんなスキルはない。まして彼は、自ら変態だと言うほどの猛者《もさ》なのだ。処女ではとうてい太刀打ちできないだろう。

内心で嘆息《たんそく》しつつ書斎を辞した真綾は、自室へ戻るとベッドの上に腰を下ろした。

自室は家の中でも少ない洋間のうちのひとつで、この部屋にいるときだけは気を抜ける。誰の目に触れることなくいられる貴重な空間だった。

(藤堂さんに、今日のお礼を伝えたほうがいいのかな)

別れ際に互いの連絡先を交換し、『何かあったら連絡をください』と言われたが、電話で直接話さないほうが賢明だろう。彼の声を耳もとでずっと聞いているなんて、想像するだけで心臓が早鐘を打つ。危うくキスの感触まで思い出してしまいそうだ。

（呆《ほう》けている場合じゃない。とりあえず、メールでお礼をしよう）

社会人としての経験は乏しいが、一応父の事務所で働いているため、社会生活を送るうえでの常識は心得ている。

メールの文面を考えていると、持っていた携帯が着信した。画面を見ると、表示されている名前に驚き急いで応答する。

「もっ、もしもし……！」

『ずいぶん焦っているようですが、今、話しても平気ですか？』

「は、はい、大丈夫です。あの、今日はありがとうございました。先ほど父から、仲人さん経由でご挨拶いただいたと聞きました」

今まで考えていた挨拶文はすべて消え去ってしまった。彼はひと言発しただけなのに、心臓がうるさいほど高鳴っている。背筋がぞくぞくする低音の声は、鼓膜から体内を溶けさせていくようだ。それでもなんとか礼だけを告げると、大和が静かに応じる。

『お付き合いをお約束しているんですし当然ですよ。見合いの席では聞き忘れましたが、次に会うのはいつにしましょうか』

「えっ……」

『のんびりしていると、三カ月なんてすぐに経ってしまいますよ。時間を無駄にしないためにも、お互いをもっと知る必要があるでしょう？』

「そう……ですね」

（やっぱり藤堂さんの声、すごくすごく素敵……）

　心の中で悶《もだ》えた真綾は、火照《ほて》った頬を片手で押さえた。ふとチェストの上にある鏡を見ると、見事に赤面している。彼の声を聞いただけでこれほど顔を赤らめていて、これから付き合っていけるのだろうかと心配になってくる。

『真綾さんは、日程の希望はありますか？　私はできれば、仕事帰りか土日のどちらかにしていただければありがたいです』

　彼はわざわざ都合を尋ねるために電話してくれたようである。こちらから無理に見合いの継続を頼んでいるのに気遣ってくれるなんて、やはり優しい人なのだ。感謝しつつ、「藤堂さんの都合に合わせます」と伝えると、『それでは、スケジュールを確認してまた連絡します』と返された。

「わかりました。お電話、ありがとうございました。嬉しかったです」

　声が震えないように気をつけながら、通話を終わらせようとする。彼ともっと話していたいが、あまり長電話させては申し訳ない。それにこれ以上美声を聞いていると、心臓の拍動が激し過ぎてどうにかなってしまいそうだ。

『ずいぶんと、つれない態度ですね？』

締めの挨拶をしようとすると、大和に遮られる。笑みを含んだ声に動揺し、声が上擦ってしまう。

「あ……あまり長電話しては、ご迷惑じゃないかと」

『そんなことはありませんよ。電話をかけたのは私ですしね。それよりも、あなたは私の声にぞくぞくすると言っていましたが、今もそうなんですか？』

「そ、れは……はい。申し訳ありません」

（これじゃあわたしのほうが、よっぽど変態みたい）

おそらく彼は、真綾が声に聞き入っているのを察している。いたたまれなくなって謝罪すると、ふっと吐息を漏らすような含み笑いが聞こえてきた。

『謝らなくてもいいですよ。そこまで気に入ってもらえるとは思いませんでしたが。あなたの言葉は素直なので、私も素直に受け取れます』

「それならよかったです……」

大和に気に入られようとして声が好きだと言っているわけではないし、そういう意図があればもっと気の利いたことを言う。それに、みっともないくらい過剰に声に反応したりはしない。彼もそれをわかっているからこそ笑っているのだろう。

『おやすみなさい、真綾さん』

「はい……おやすみなさい……」

　通話が終わると、真綾はベッドの上でじたばたと身悶えた。彼の『おやすみなさい』の破壊力が凄《すさ》まじい。耳奥から血流にのって全身をくまなく巡り、心臓の動きを活発にさせている。

（録音したいくらいにいい声だな）

　紳士的な振る舞いや素晴らしい見目も魅力を醸し出しているが、彼の声も真綾の心を射貫いている。こんなことは初めてで、どうしていいかわからない。

（それに、優しいんだよね……）

　試しに三カ月付き合うことになったのも、彼が希望を受け入れてくれたから。気持ちを汲《く》んでくれる人は優しいと真綾は思う。日ごろ父の事務所で見かける人々の中には、まずそういう男性はいない。

〝園田則之の支持者〟という立場にかこつけて、父に仕事の便宜を図らせようとしたり、アポイントメントもないのに『園田議員に会わせろ』という傍若無人な態度の人もいる。真綾が園田家の娘だと知り、あからさまに擦り寄ってくる人間も多かった。

　日々そういった人々に揉まれてきた真綾にとって、大和のように自分の主張を押し付けない男性は新鮮に映る。父の勧めで見合いし、必ず成功させろと厳命されているとはいえ、それだけではない気持ちが生まれそうだ。

（そうだ。デートの前に、藤堂さんの性癖について調べておこう）

思い立った真綾は携帯の画面に指を走らせ、検索サイトを表示させた。『変態、性癖、拘束』などのキーワードで調べてみれば、いわゆる大人の玩具を扱っているホームページがずらりと表示された。そのうちのひとつを閲覧した瞬間、思わず目を丸くする。

（『セックスのとき、相手を拘束しないと興奮しない』ってことは……こういう道具を使うってこと……!?）

サイトには、様々な道具の写真が掲載されていた。いわゆるバイブと呼ばれる男性器を模《も》した玩具や、女性の快感を高める目的で使用されるローターなどだ。親切なことに使用方法が図で説明されているものだから、恥ずかしくなって頬が赤くなってしまう。

（藤堂さんの性癖が、結婚の障害にならないって言った以上は受け入れないと。……それにしても世の中にはいろいろな嗜好《しこう》があるんだな）

妙な感心をしつつ、画面を眺める。

彼は、『遠慮なく手を出す』とも宣言している。三カ月の間で、当然セックスもするだろう。もしも大和に気に入られなかった場合、お試し期間の終わりを待たずに見合いが終了してしまう可能性がある。

「ＳＭって……藤堂さんは、どういうのが好みなんだろう」

画面をスライドさせていくと、ＳＭグッズの写真があった。目隠しをして性感を高める目的のアイマスク、何やら使用にコツがいりそうな身体を縛る麻縄などだ。中には両手両足を強引に広げる道具もあり、見ているだけで発熱しそうになる。性経験さえまだなのに、初心者向けとは思えない世界を覗いたのだから無理もない。

（もしも藤堂さんとそういうことをするなら、道具を使われるのかな）

セックスの経験がないだけに、想像が追いつかない。しかしそれでも勉強のためとサイトを見ていたとき、素肌に蝋《ろう》を垂らして興奮を煽る目的の低温のロウソクや、肌を打つための鞭《むち》が目に入って顔が引き攣《つ》る。

（痛いのは、ちょっと嫌だな……）

使用方法の解説を真剣に読み込んでいくと、商品の使用者の声が載っていた。すべてを信じるわけではないが、総じて『彼に喜んでもらえて嬉しい』『新たな扉が開けた気がする』などの声が多い。

（とにかく、藤堂さんとそういうことをするときのために心の準備をしないと）

真綾は学生時代から揶揄《やゆ》されるほど生真面目で、何かイベントが控えていると事前準備をしなければ落ち着かなかった。見合いをするにあたり、大和だけではなく彼の父母のプロフィールも可能な限り頭に入れていたし、ふたりきりになって緊張しないように、想定される会話の問答集も読んでいた。しかし今回、それらは意味をなさなかった。

（今度は、ちゃんと勉強の成果を活かさないと）

心の中で反省し、画面に集中する。性行為は未知の世界だから、念入りに下調べする必要がある。真綾とは違い、彼は多分経験が豊富だ。いやらしいキスをされたときにそう感じた。いざというときに動揺しないためにも、下調べは必須課目である。

真綾はひとり決意すると、知識を仕入れるべくサイトを梯子《はしご》するのだった。

＊

同刻。電話を切った大和は、端正な顔を笑みに染めていた。見合い相手の女性——真綾が、予想外に可愛らしかったからだ。

結婚に焦るような年齢でないにもかかわらず、彼女は見合いを成功させるため必死だった。その理由も見当はつく。父親に強く言い含められているのだ。

（あの家は、彼女しか子どもがいないからな）

園田則之が、娘の夫に跡を継がせるつもりなのは知っていた。そのために優秀な男を探しており、自身に縁のある省庁の同期や後輩に娘の夫となり得る男を探させている。

大和の上司——財務省・主計局次長の中島《なかじま》は、則之の大学の後輩にあたる人物で、件《くだん》のミッションを頼まれたというわけだ。

正直、迷惑な話だ。だが、今回の見合いは簡単に断れない事情がある。財務省はとある法案を作成しており、来年度の国会において法案を成立させたい思惑がある。そのためには、与党幹事長であり最大派閥園田派の領袖《りょうしゅう》の則之の機嫌を損ねるわけにいかないのだ。だから中島も、見合い話を大和に持ってきたのである。

（まったく、厄介なことになったな）

大和はため息をつくと、テーブルの上に置いてある真綾の見合い写真を手に取った。

実際の彼女はこんな写真なんかよりも、ずっと可愛らしかった。だが、見た目に反して意思の強さがある。政治家・園田則之の娘としか見ていなかった大和は、彼女の世間ずれしていない姿に好感を抱いた。

これがふつうの見合いであれば、付き合いを継続することをためらわなかった。けれど、真綾は則之の娘で、夫になる男は政治家への道を歩まなければならない。それがネックだ。

だからこそ、彼女から断らせようとした。いくら好感を持ったとはいえ、出会ったばかりの彼女と今後の人生を天秤《てんびん》にかけるつもりはない。真綾が大和を気に入らず見合いを断ったという事実が必要だったから、特殊な性癖があるなんて嘘をついたのだ。

そう――大和は至ってノーマルである。拘束プレイやＳＭプレイで興奮するような性癖はなく、どちらかといえばセックスも淡泊なほうだった。

真綾のようないかにも処女のお嬢様なら、性的な発言で勝手に幻滅してくれると考えてわざと変態を装った。実際、これまでも付き合いで見合いを数度していたが、似たような手口で相手から断らせている。心を動かされるような女性に巡り合わず、大和自身あまり結婚に意義を見出していなかったのだ。

（それがまさか、食い下がってくるなんてな。意外というか肝が据わっているというか。不思議と、妙に構いたくなる子だ）

見合いの席での真綾を思い出し、自然と笑みを零す。

可憐《かれん》な見た目に反して彼女の意思は強かった。それどころか、大和の声が好きだと明かすのだから面白い。特殊性癖がある、と偽の告白をした見合い相手に対し、自分も秘密を打ち明けようとしたのかもしれない。

「まあ、しばらくは愉しめるか」

ひとり呟《つぶや》くと、見合い写真の表紙を閉じる。

一府十二省庁ある霞《かすみ》が関《せき》の中で、省庁の中の省庁と呼ばれ、各省の予算を握る財務省。大和は財務省主計局に属し、主査を務めている。職場と仕事に誇りを持ち、国を動かしているのは政治家ではなく官僚だという自負と自尊心がある。政治家に転身なんて考えてもいなかった。

真綾との約束は三カ月。その間に嫌われないといけない。政治家になるつもりがない以上、大和との結婚は諦めさせる必要がある。

（しかし……キスをしても怯まないくらいだからな）

初対面でキスをするなんて暴挙に及んだのは、彼女の意思が固かったから脅かしたに過ぎない。普段はこんなことをしないし、そもそも大和は真綾に悪感情を持っていない。むしろ、素直で可愛いと思っている。ただ、バックグラウンドを厄介に感じているだけだ。

（手段を選ばなければいくらでも見合いを壊すことはできるが、彼女を傷つけるような真似はしたくない）

どうしたものかと考えに耽っていると、携帯が振動した。画面に表示されたのは、外務省に勤めている大学の同期、安西和彦《あんざいかずひこ》である。

「おまえの役に立ちそうな情報は持っていないぞ」

挨拶もろくにせず開口一番で告げると、慣れた様子で安西が笑った。

『今日はそういう用事じゃないよ。園田議員のご令嬢との見合いだったんだろ？　どうだったのかと思ってさ』

「見合いは継続になった」

端的に答えた大和に、安西が『えっ⁉』と驚きの声を上げた。

『今までどんな見合いも断り続けていたのに、どういう風の吹き回しさ。だっておまえ、財務省を辞めるつもりなんてないだろ？　阿呆な政治家へのレクチャーのたびに辟易《へきえき》していたじゃないか。まさか、園田議員の地盤を継ぐつもりになったのか？』

則之が娘の夫を自身の後釜に据えようとしているのは、一部では有名な話だ。そして大和が政治家嫌いなことも知っているから、安西はかなり驚いているようだ。

「園田議員の跡継ぎになるつもりはない。ただ、娘と話した流れでそうなっただけだ」

『へえ？　どんな美女でも容赦《ようしゃ》なく断り続けてきたおまえが、言いくるめられたってわけじゃないだろ。それともよっぽど好みだったとか？』

付き合いの長い男からの突っ込みを聞き、大和はふっと笑った。

「好み、というか……好感は持ったな。いい意味で意外性があった」

『それはそれは。珍しいこともあるもんだね。親父さんたちはどう思ってるわけ？』

「うちは放任だ。成人した息子にどうこう言う家じゃない」

父・藤堂義友も大和と同じ財務官僚だった。二年前に退官し、現在はメガバンクのひとつに数えられている銀行の顧問を務めている。母の美佐子は、実家が旧財閥系企業の創業者一族で、かなり裕福な家庭に育っている。ふたりはやはり見合い結婚だった。

しかし義友も美佐子も、互いに愛し合っている。息子の目から見てもいまだに仲のいいおしどり夫婦だ。彼らは大和に対し、特に何かを強要することはない。唯一、『自分の後悔しない道を歩め』と言うのみで、就職先や結婚相手にあれこれ口を出さない。後継者のためだけに娘を結婚させようとしている則之とは正反対である。

『まあ、園田議員と縁を持つのも悪くはないと思うけどさ。あの人、次期総裁候補だし、付き合って損はない。国民へのくだらない政策アピールのために、やれ省庁再編だ、霞が関改革だと言わせないためにもな』

安西の言葉は明け透けだが事実だ。則之は、次期総裁候補——来年行われる総裁選で勝利すれば、内閣総理大臣になる。後継になるのは御免だが、縁は繋いでおくに越したことはない。省益、ひいては財務省が押し進める法案を国会で通すためだ。

政治家の替えはいくらでもいる。国のトップであってもそれは同じだ。だが、それぞれの専門分野に秀でた官僚の替えはいない。その自負が、先の友人の発言に繋がっている。

もちろん、大和も似たような考えではあるが。

「ひとまず園田の娘とは付き合ってみる。でも、ゆくゆくは向こうから断ってもらう」

それが既定路線だ。真綾の熱意に少々絆《ほだ》されて三カ月間付き合うだけ。変態性癖を持つ男として振る舞えば、そう遠くないうちに音《ね》を上げる。大和の声が好きだなんだと言っていられなくなるだろう。

『お嬢様とのお付き合いか。簡単に手を出せないだろうけど頑張れよ』

安西は軽い調子で言うと、通話を終わらせた。携帯をテーブルに置いた大和は肩を竦めると、ソファの上に手足を投げ出す。

簡単に手を出せないどころか見合い当日にキスをしているうえ、手を出すと宣言している。安西が知ったらさぞ驚くだろう。

（わざわざ教えてやるつもりはないけどな）

園田則之の娘にしては、たやすく御《ぎょ》せそうな相手。父親が海千山千の政治家とは思えない初々《ういうい》しさを感じさせる彼女には、興味をそそられる。大和だけではなく、安西やほかの男も同じ感想を抱くに違いない。ただ、真綾の背後には則之の存在があり、その辺の男はおいそれと手を出せなかったのだ。

大和は携帯を手に取ると、真綾にメールを送った。おやすみの挨拶文のみだったが、彼女からは丁寧な返信がきた。

今日の見合いや先ほどの電話の礼が綴《つづ》られたメールからは、真面目な性格が窺えた。実際に会った彼女の印象と同様である。

真綾の顔を思い出すと、なぜか自然と笑みを深めてしまう大和だった。

＊

見合いから三日後の夜。真綾は父の後援会の集まりに顔を出すために、地元にある市民ホールに顔を出していた。

後援会は、政治家に欠かせない存在だ。選挙の際は、後援会が大きいほどに組織票となって候補者を支える。その代わりに当選した議員は、マメに地元へ戻って支持者である彼らのもとへ顔を出さねばならない。

政策の立案や議会活動はもとより、日ごろから後援会を大事に扱っているといかにアピールできるか。来《きた》る選挙のために議員は腐心するのである。

「真綾お嬢さん、お疲れ様です」

「お疲れ様です、東野《ひがしの》さん」

声をかけてきたのは、則之の第一秘書を務める東野康夫《やすお》だ。今年四十歳になる彼は秘書を長く勤めていることから、園田家にもよく出入りしていた。整髪料でべったりと撫でつけた髪と黒縁眼鏡が特徴的で、今日のような会合では、父の名代を任されることもある。則之が信頼を置いている秘書だった。

「先生からお聞きしましたが、三日前にお見合いしたそうですね。お相手は財務省にお勤めだとか。印象はいかがでしたか？」

いかにも見合い相手を知らない態《てい》でにこにこと話しかけてくるが、則之に命じられて候補者の男性の身上調査をしたのは東野である。何名かピックアップされた男性の中から、父が選んだのが大和というわけだ。

東野の『お相手は財務省にお勤めだとか』という発言は空々しいことこの上ない。それでも表面には出さず、真綾は笑顔で頷いた。

「物腰が柔らかで、素敵な方でした。父もずいぶん乗り気で、わたしもご縁をいただけて嬉しく思っています」

「それは何よりです。僭越《せんえつ》ながら、私も縁談が上手く纏まることを願っています」

「ありがとうございます」

互いに腹の内側を見せない会話だ。だが、東野とのやり取りはまだマシな部類に入る。

園田家の長女として生まれたときから、真綾はいつも則之の影を背負って生きてきた。誰も彼もが、真綾を通して父を見る。こういった場では特にそうだ。

「おお、これは園田議員のお嬢さんと秘書さんじゃありませんか」

東野と話していたところへ、老齢の男性が加わってきた。真綾は笑みを貼り付けると、深々と腰を折る。

「ご無沙汰いたしております、会長。先日はお孫さんのお誕生日でしたよね。おめでとうございます。お祝いを直接お伝えしたいと父も申しておりました」

「いやいや、先生もお忙しい身でしょうし、お気持ちだけで充分ですとお伝えください」

声をかけてきたのは、後援会の会長だ。大手建設会社の社長を務める彼をはじめ、後援会にはそうそうたる企業の経営者が名を連ねている。彼らを蔑《ないがし》ろにしては、来る選挙で勝ち抜けない。父の跡を継げない真綾にできるのは、地道なサポート活動である。

（もう慣れたけれど……ちょっと疲れたな）

件の会長は、東野と話し始めている。ふたりに一礼してさり気なくホールの外に出ると、エントランスにある椅子《いす》に腰を下ろした。

メールチェックのため携帯を取り出したとき、大和から連絡があったことに気づく。

（藤堂さん……もうお仕事終わったのかな）

連絡先を交換してから、ふたりは他愛のないメールを送り合っていた。朝晩の挨拶や、その日にあったちょっとした出来事などだ。

今確認したメッセージには、『会合お疲れ様です』という一文が記されていた。今日は後援会の会合に出席するとメールしていたから、労《ねぎら》ってくれたのだ。文面は素っ気ないが、それでも気遣ってくれているのが伝わってくる。多忙な生活の中で、わずかな時間でも心を割《さ》いてくれている。それが嬉しい。

真綾は温かな気持ちになるのを感じながら、『ありがとうございます。少し疲れましたが、藤堂さんのおかげで元気が出ました』とメールを送った。

それは正直な気持ちだった。彼には自分を取り繕わずに、素直に対応すると決めている。見合いのとき、素直さを褒めてくれたからだ。

大和からのメールで癒された真綾は、ホールに戻ろうとして立ち上がる。すると、携帯が着信画面になった。〝藤堂大和〟と表示された画面を見て、急いで電話に出る。

「は、はい！」

『今、大丈夫ですか？』

「ええ。ホールの外へ出ているので……何か、ありましたか？」

突然電話がかかってきたことに驚いて尋ねると、そうではない、と返される。

『あなたが疲れているようだったので、気になったから電話したんです』

「えっ……」

『そんなに驚くことでもないでしょう？　三カ月間、あなたは私の恋人です。恋人を心配するのは当たり前のことですよ』

（うう……そんなこといい声で言わないで欲しい……）

うろたえてきょろきょろと辺りを見回すも、誰もいなくてホッとする。

彼は、真綾の心をピンポイントで射貫いてくる。〝恋人〟と言われて滑稽《こっけい》なほど心臓が躍り、心配して電話をかけてくる労《いた》わりの心に胸がときめく。

「……恋人なんて言われ慣れていないので、照れますね」

『では、慣れてください。これからもっと恥ずかしいことをする予定なんですから』

とっさに反応できず息を詰めると、含み笑いが聞こえてくる。からかわれたのだ。けれど、大和と話しているうちに先ほど感じていた疲労感が軽くなっている。

「電話ありがとうございます。嬉しかったです」

通話を終わらせて携帯を握り締めると、しばらく大和との会話の余韻に浸る真綾だった。

2章　刺激的なデート

大和との初デートは、見合いから二週間後、七月に入ってすぐの平日になった。

当初は休日を予定していたのだが、彼の仕事帰りに待ち合わせて食事をすることにした。ふたりの予定がなかなか合わなかったためである。全府省一斉定時退庁日が水曜に設けられており、その日に会うことになったのだった。

（この格好、変じゃないよね）

各省庁が集まっている霞が関へ足を運び、最寄り駅の改札で彼を待つ間、真綾はそわそわしていた。人生初のデートだから、緊張しているのだ。

今日はホワイトのノースリーブシャツにカーディガンを羽織り、ボリューム感のあるネイビーのフレアスカートを合わせた。

デートだからといって気合いを入れ過ぎても、仕事帰りの彼と釣り合いが取れない。そうかといって、父の事務所で働くときのように地味なスーツではあまりにも色気がない。散々迷った挙句、事務所で仕事を終えてから一度家へ戻って着替えたのである。

改札を行き交う人々を落ち着かない気持ちで眺めていると、人波の中でひと際目立つ人物がこちらに向かって歩いてきた。大和だ。ブリーフケースを片手に歩く姿に、吸い寄せられるように視線を注ぐ。

(やっぱり素敵だな……)

彼と直接会うのは見合い以来だ。その間、ほぼ毎日メールのやり取りがあり、たまに電話もしていた。それだけでも嬉しかったけれど、こうして顔を見ると気持ちが弾む。まるで、恋をしているかのように。

「お疲れ様です、真綾さん。わざわざ来ていただいて申し訳ありません」

「いえ。お疲れのところお時間いただいてありがとうございます」

やはり直接聞く彼の声は、電話よりもずっといい。聞き惚れつつもデートの礼を伝えると、大和が口元を緩めた。

「仕事じゃないんですから緊張しなくて大丈夫ですよ」

「す、すみません……」

「まず、どこかで食事しましょうか。好みの店や好き嫌いはありますか?」

問われた真綾は、やや遠慮がちに大和を仰ぎ見た。

「好き嫌いは特にありませんが、行ってみたいお店があるんです。いいですか?」

「もちろんです。ここから遠いようなら、タクシーを拾いましょうか」

「ええっと……ちょっと待ってもらえますか？」

携帯を取り出し、急いで霞が関から一番近くにある店舗を調べた。幸い目当ての場所は有楽町《ゆうらくちょう》にあり、さほど移動時間はかからない。

「わたしが行きたいのはこのお店なんですけど、いいですか？」

携帯の画面を大和に見せると、彼は切れ長の目を見開いた。

「私は構いませんが、本当にその店でいいんですか？」

「はい。ずっと行ってみたかったんです」

満面の笑みで答えると、ますます大和が不思議そうな顔をした。


その後、電車で有楽町まで移動し、目的の店にやってきた。初めて入った店にうきうきとメニューを見ている真綾に、大和は意外そうに声をかけてくる。

「本当にファミレスでよかったんですか？」

「はい。わたし、学生時代を含めてもファミレスに入ったことがなかったんです」

真綾が食事の場として選んだのは、リーズナブルな価格設定が売りのファミリーレストランだった。『行ってみたい店』と言ったものだから、彼は高級店をイメージしていたらしく、「驚きました」と言って笑っている。

「初デートでファミレスを指定されるとは思いませんでしたよ」

「すみません……家族で食事をするときは高級店ばかりで、正直肩が凝るというか。学生時代の友人たちも、こういうカジュアルなお店は敬遠していて」

「ああ、真綾さんの出身校は、良家の子女が集まる名門でしたね」

納得している彼に、苦笑して頷いた。

「一度入ってみたかったんですけど、ひとりで入る勇気がなくて。藤堂さんに付き合っていただけてよかったです」

今日はふたりの初デートだが、真綾にとっても人生で初めてのデートだ。大和のような素敵な男性と希望していた場所で食事ができるなんて、最高の思い出になる。

夕食時の店内はかなり混雑していて、席に着くまで時間がかかった。それすらも新鮮で、満面の笑みを浮かべる真綾に、大和が可笑しそうに言う。

「ファミレスくらい、いつでも喜んで付き合いますよ」

「ありがとう、ございます……」

大和の笑顔を目の当たりにし、初めてのファミレス入店ではしゃいでいた心が一気に彼に持っていかれた。大和といると、くすぐったいような、胸の奥がむずむずするような心地になる。無理を言って付き合ってもらっているのに、こうして優しくしてくれるからだ。男性としても魅力的だが、単純に人として素敵だと改めて思う。

（この人がお見合い相手でよかった）

大和といると緊張もするが、それ以上に居心地がいい。変に背伸びをしなくていいからかもしれない。

真綾が自然体で接することができる人物は、育った環境が影響してほとんどいない。政治家・園田則之の娘として隙を見せるなと言われて育ったことで、いつの間にか他人に素顔を見せられなくなっていた。

「もしかして、ファミレスについても調査したんですか？」

彼の言葉で我に返り、小さく首を振る。

「さすがにそこまではしていません。ただ、メニューやお店のコンセプトは以前にホームページで確認しました」

「本当に来たかったんですね」

店員を呼んで注文をした大和は、どこか微笑ましそうに真綾を見る。

「ほかに、どこか行きたい場所はありますか？　次のデートで行きましょう」

「いいんですか……？」

「もちろんです。正直に言えば、若い女性がどこへ行けば楽しいのかわからないんですよ。だから、希望があれば言ってもらったほうがありがたいです」

彼はそう言うが、おそらく真綾の希望を叶えるための方便だろう。こういう気の回し方をする人だから、一緒にいて居心地がいいのだと気づく。

「わたし……海かプールに行ってみたいです。夏らしく花火大会とかも楽しそうです」

「わかりました。あと少しで仕事も落ち着くので、日程を決めましょう」

大和に頷くと、高鳴る鼓動を抑えるようにそっと目を伏せる。

幼いころから、自分の意思で結婚できないことはわかっていた。それでも憧れがなかったわけじゃない。人並みに恋人と付き合い、いろいろ経験をしてみたくて、ひそかに想像をしていた。そのうちのひとつが、『恋人とプールや花火大会』といった夏の行事である。

そのほかにも、春はお花見、冬はクリスマスや初詣《はつもうで》、スキーにバレンタイン――季節感のあるイベントを楽しんでみたかった。

（でも……三カ月後に、藤堂さんから『結婚できない』って言われたら、冬のイベントは一緒にできないんだな）

最初は、親孝行のためのお見合いだった。園田家の役に立たない自分にできるのは、父の望む男性と結婚することだけだった。

けれど、家のためのお見合いだったはずが、大和のことを知るにつれ、彼自身に好感を抱いている。

仮に三カ月後に振られてしまったとしたら、則之はほかの男と見合いをさせるに違いなく、想像すると気持ちが沈みそうになる。

（今は藤堂さんが付き合ってくれているんだから、結婚してもいいと思ってもらえるように努力しよう）

自分を叱咤《しった》したところで、早くも注文した品が運ばれてきた。真綾はサラダとドリア、大和はハンバーグ定食を頼んでいた。食事に口をつけながら見つめていると、視線に気づいた彼が柔らかい表情を浮かべた。

「省内の食堂よりも美味《おい》しいですね」

「そうなんですか？」

「食堂はコストパフォーマンスはいいですが、やはり飽きがくるので。真綾さんは、初めてファミレスで食事をしていかがですか？」

「想像よりもずっと美味しいです。それに、賑やかな雰囲気も楽しいですね」

真綾は感じたとおりのことを話しつつ、周囲に目を向ける。大和と自然に会話ができているのも、店内の雰囲気によるところが大きい。これが見合いをした料亭などの堅苦しい場所だったら、また心持ちも違っていただろう。

マナーはひと通り学んでいるし、父についてパーティーに出席することもある。どこに出ても、粗相をしない程度の振る舞いは身についている。でも真綾は、そういった形式ばった集まりや店はどちらかというと苦手なのだ。いや、会合や高級店がどうこうというよりも、どこへ行っても父の影がついて回る。それが疲れる。

「気に入ったのなら何よりです。デザートも頼みましょうか」

「はい、ぜひ。藤堂さんは何を食べますか？　あっ、甘いものはお好きですか？」

メニューを見ながら尋ねると、彼は「嫌いじゃありませんよ」と、コーヒーゼリーを指さした。

真綾は、大和が甘いものが苦手ではないと頭の中にインプットした。何気ない会話の中で人の好みを拾っていくのは、父の事務所で働くようになってからの習性だ。仕事のときは当たり前に行っていたことだが、大和相手だとまた違った意味を持つ。彼の好みを知ると、妙に心が浮き立った。

食事を終えたタイミングで店員にデザートを注文した大和は、真綾に視線を据えた。

「あなたは、上品だけどとても美味しそうに食事をしますね。見ていて気持ちがいいです」

「そう、ですか？」

「ええ。なぜだか、もっと食べているところを見たくなります」

彼は、真綾の食べっぷりを気に入ってくれたようである。そんなことを言われたのは初めてで、気恥ずかしくなった。

「……食べているところを見たいなんて、そんなことを言うのは藤堂さんくらいです」

「私も、そう思ったのは初めてですよ」

口調も態度もふつうなのに、彼からセクシュアルな雰囲気を感じるのはなぜだろう。

真綾が男性に慣れていないからいちいち動揺させられるのもあるだろうが、大和の色気が半端じゃないのも一因だ。

大和といると、今まで知らなかったときめきを常に与えられている。デザートが来るまでの間、赤くなった頬を隠すのに必死だった。

ファミレスを出ると、東京駅に向かって歩くことにした。もう少し一緒にいたいと思っていたところ、大和から「東京駅まで歩きましょうか」と誘われて、喜んで受け入れたのである。

陽が落ちたとはいえ気温も湿度も高かったが、そんなことは気にならなかった。それよりも、彼のとなりを歩いていることのほうが嬉しい。

街行く人々は、夏の夜を満喫していた。すれ違うカップルは親密そうに身体を寄せ合ったり、手を繋いだりしている。それが、少しだけ羨ましい。

（わたしたちは、カップルに見えるのかな……）

ふたりの間は、微妙に距離が開いている。恋人同士というよりは、会社の上司と部下といった感じである。年齢差を考えるとしかたないが、色気が欠けていることは否めない。

ちらちらと大和を見ながら歩いていると、不意に彼がこちらを向いた。

「疲れましたか？」

「い、いいえ！　大丈夫です」

うろたえて声が上擦ってしまった。恥ずかしくて視線を泳がせると、彼はおもむろに真綾の手を取った。ごく自然に指を絡めて握られて、驚いて彼を見上げる。

「あの……」

「繋ぎたそうにしていたので。嫌ですか？」

「まさか！　……嬉しいです。でも、わたしそんなに態度に出ていましたか？」

「そうですね。私の手やカップルを熱心に見ていたので」

相当わかりやすかったのか、大和が可笑しそうに目もとを緩める。彼は端整で冷涼な見た目から受ける印象と違い、意外によく笑っていた。三カ月間は恋人として扱ってくれるからなのだろうが、それでも喜んでしまう。

（大きな手、だな。わたしとは全然違う）

初めての経験に鼓動を跳ねさせていると、かすかに彼の指先に力がこもった。触れ合っている部分から熱が広がっていき、心地いい緊張と羞恥で汗が滲《にじ》む。

内心で動揺しつつ黙々と足を進めていると、大和は旧東京中央郵便局をリノベーションした商業施設に入っていく。施設の屋上には庭園が広がっており、東京駅の駅舎や周辺の夜景が楽しめる場所だという。

屋上の歩道はウッドデッキで、歩道に沿って芝生が植えてあった。都会のど真ん中にありながら、自然を感じられる開放的な空間だ。ライトアップされた庭園や駅舎の夜景を目当てに訪れたカップルが多くいる。

「初めて来ましたけど、綺麗ですね」

彼と手を繋いだまま東京駅を眺める。ふだんは駅を見下ろすことがないから新鮮だった。片手で手すりを握り、寄りかかるようにして景色に見入る。

希望していた場所で食事をし、本当の恋人のように手を繋いで歩き、最後にロマンチックな場所で夜景を見ている。人生で初めてのデートは、一生記憶に残るだろう。

幸福感に浸っていると、耳もとに呼気が触れた。

「喜んでもらえてよかったです」

「っ……！」

完全に油断していた真綾は、大和の美声を聞いて腰が砕けそうになる。握っている彼の手を強く摑んで見上げたとき、思いがけず顔が近くにあってさらにうろたえた。

「藤堂さん……あ、あの」

「もうキスもしているのに、とても可愛い反応をしますね。つい悪戯《いたずら》したくなります」

ふっと微笑まれ、胸が高鳴る。彼といると、焦ったり照れたりと感情が忙しい。だが、今まで生きてきた中で一番楽しいとすら感じている。

（こんなに楽しいのは、藤堂さんが歩み寄ってくれているからだよね）

真綾は自分も彼に歩み寄ろうと決意し、恥ずかしさを堪えて口を開く。

「……わたし、藤堂さんの性癖について調べてみたんです。その……ＳＭがどういう行為なのか、まったく知らない世界だったので驚きました。でも、藤堂さんを理解できるようにしっかり勉強したいと思います」

見合いでも今日のデートでも、大和は真綾を慮《おもんぱか》ってくれた。だから自分も、彼の嗜好を知りたいし理解したいと思う。そう伝えると、なぜか彼は無言になってしまう。

（何か、変なことを言ったかな）

不安になった真綾は、彼に問おうとする。しかし次の瞬間、繋いでいた手を強引に引き寄せられ、食らいつくように唇を重ねられた。

「んっ……」

突然のキスだった。いくら周囲が暗いとはいえ、人目がないわけじゃない。公共の場でこんなことをしてもいいのかと戸惑いが脳裏《のうり》を過《よ》ぎったものの、抵抗はしなかった。彼に口づけられて、嬉しかったからだ。

二度目のキスは、舌を絡ませ合う淫らなものではなかった。その代わりに、上下の唇を吸い上げ、舐《ねぶ》り、軽く食《は》むという淫靡《いんび》さを感じさせた。リップ音を響かせながら角度を変えて唇を愛撫され、膝が小刻みに震えてくる。

（藤堂さんにキスをされると、どうしてこんなに身体が熱くなるんだろう）

触れ合っていると、ここがどこかも忘れてキスに没頭してしまう。息継ぎの間すら与えられずくらくらしたとき、ようやくキスを解いた大和が不敵に微笑んだ。

「あまり可愛いことを言うと、私のような悪い大人に付け込まれますよ」

「藤堂さんは、悪い大人、では……」

「あなたをこのままホテルに連れ込もうとしているかもしれないのに？」

涼しげな容貌に似つかわしくない欲望を湛《たた》えた表情だった。紳士的な彼から垣間見える危険な顔に、肌が粟立つ。怖くはない。ただ、とてつもなく色気があるから困る。

（こういうとき、どう答えればいいの？）

じわりと体温が上昇し、全身に熱が巡っていく。至近距離で見つめ合うと動揺するのに、いつまでもこうしていたいとも思う。無遠慮に近づかれて嫌悪を抱く相手もいるが、大和に悪感情を抱いたことはない。キスの感触も匂いも、真綾には好ましいものだった。

（いずれはそういうこともあると思って勉強したんだし……）

「……構いません。覚悟はできています」

答えに迷ったものの、結局素直に伝えた。男女の機微《きび》に疎《うと》く、駆け引きする手管はもとよりなかったし、三カ月と言わずこのまま付き合いを続けていきたいと思っている。父の気に入っているエリートだからじゃない。真綾自身が、大和といることを望んでいるのだ。

（わたし……藤堂さんに、惹《ひ》かれてるんだ）

真綾が自分の気持ちを自覚したとき、大和はどこか困ったような複雑な顔を見せた。

「……冗談です。さすがに一回目のデートで抱くような真似はしません」

「では、何度目のデートでそうなるんですか？」

不思議に思って尋ねると、彼は「面白いことを聞きますね」と苦笑する。

「では、三度目のデートで宿泊しましょうか。海かプールに行きたいと言ってましたよね。私も夏季休暇があるので、一泊か二泊程度で遠出するのはどうですか？　もしよければ、うちの別荘にご案内しますよ」

「えっ……わたしが伺ってもいいんですか？　おうちの別荘だと、ご両親もご利用されるんじゃありませんか？」

「両親はこの時期別荘は利用しないので安心してください。私とあなたのふたりだけで、のんびり過ごせますよ」

別荘は南房総《みなみぼうそう》にある三階建てのヴィラだという。プールはもちろん、海に面した立地のため、海水浴も楽しめるらしい。大和は毎年九月から仕事が忙しくなるため、この時期に纏めて休暇を取っているようだ。

三度目のデートで旅行なんて、交際経験すらないのにハードルが高い。それでも、彼と一緒に過ごしたい気持ちに衝《つ》き動かされる。

初めての経験は、すべて大和としたい。彼が教えてくれたキスもデートも、素敵な思い出になった。だからセックスも——彼に教えてもらえれば、きっと幸福だろうと思う。

「わたし、別荘にお邪魔したいです」

「わかりました。お互いのスケジュールを合わせましょう。次のデートで詳細を決めるとして……ご両親には私から許可を得ましょうか」

「だ、大丈夫です。子どもじゃありませんし……藤堂さんとの旅行なら、喜んでくれると思います」

大和との結婚を強く望んでいる則之が、婚前とはいえ旅行に反対することはない。むしろ、上手くいっているのだと喜々として送り出すはずだ。

彼の気遣いに感謝を伝えると、ふと考えを巡らせる。

(旅行までに、もっと藤堂さんの性癖について勉強しないと。でも……)

世の恋人がどれだけの時間を経てセックスをするのかわからないが、もともと三カ月の付き合いの中で『手を出す』と言われているのだから異論はない。だが、確認しておかなければいけないことがひとつある。

「……あの、お聞きしてもいいですか?」

「ええ、なんでしょう?」

「藤堂さんはわたしのことを、その……気に入ってくださっているのでしょうか?」

彼は、恋人として大事にしてくれている。それがわかるからこその問いだった。

恋愛事に疎《うと》い真綾は、はっきり言葉にされなければ不安なのだ。わかったふりをして察しのいい女性として振る舞うよりも、率直に聞いたほうがいいと考えた。

大和は「そうですね……」と思案するように呟くと、熱く火照っている真綾の頬に指を添えた。

「真綾さんは素敵な女性です。少なくとも私は、あなたをもっと知りたいと思っています。それに、一緒にいると意外な自分を発見できるのが楽しい」

「意外な……？」

「ええ。こういう人目のある場所で、〝思わず〟キスをする、とかね」

頬に添えていた指を移動させた彼は、意味ありげに真綾の唇に触れた。触れられている唇も熱いが、大和の指先も同じくらいに熱を持っている。

真綾は彼に惹かれていく感覚を心地よく思いながら、しばらくぬくもりを堪能していた。

＊

真綾とデートした翌日。昼食時になり、大和は財務省三階にある食堂に足を向けた。

今日は、園田家との縁談を持ってきた件の上司に誘われていた。中に入ると、大勢がひしめき合う食堂内で一番目立たない場所に上司が陣取っている。主計局次長・中島だ。

昨夜真綾に話したように、職員食堂はコストパフォーマンスはいいが、他省に比べて味はいまいちである。予算編成を担う財務省が他省よりも美味な食事を提供していると、『自分たちにだけ予算を割いているのではないか』とやっかまれるからなのだと、まことしやかに語られていた。

真綾との会話を思い出しながら、カツカレーをのせたトレイを持って中島の待つテーブルに着くと、先に食べていた男は苦笑してみせた。

「この前は悪かったな、藤堂。無理に見合いを頼んで」

「次長にも立場はあるでしょうし、お気になさらず。園田議員から頼まれれば断るのは難しいでしょう。それに私は、いいご縁をいただいて感謝しています」

そつのない答えに、中島はさらに苦笑を深める。おそらく本心からの言葉ではないと思われているのだ。実際、大和は見合いの類はできる限り避けていたし、断りきれない場合は相手から断られるようにしていた。

それでも悪評は立たず、縁談は絶えず持ち込まれる。大和の優秀さゆえである。

「園田議員から連絡があったよ。お嬢さんと見合いを進めているそうじゃないか。例の話を知っていて断らないということは、末は政治家になるつもりか？」

次長は友人と同じことを聞いてきた。「いいえ」と端的に答え、食事に集中する。

政治家になるつもりはない。見合いをする前も後も、一貫して考えは変わらない。ただ、予想以上に真綾とのやり取りを楽しんでいるのは事実で、大和はそれが面白い。

見合いを断る口実で特殊性癖があると言ったのに、彼女は大和の性癖を受け入れようとしてSMについて調べたという。セックスの経験がないのに、いきなりディープな世界を垣間見てさぞ驚いたことだろう。

（やることなすこと可愛い人だ）

ただのファミレスで美味しそうに食事をしたり、手を繋ぎたそうにしていたり。そういう反応が、大和の心を絶妙にくすぐる。だから、彼女の希望を叶えてやりたくなる。喜んでいる姿が見たいからだ。

（演技をしている女はすぐに見抜けるが、彼女はそうじゃない）

一生懸命に大和の性癖を理解しようとしている真綾を見ていると、その素直さや生真面目さが好ましいと思う。だからつい、キスをしてしまったのだ。

衝動で行動するなんて、今までの人生で経験がない。それに、ここまで女性を可愛いと思い、構いたくなったことも。

三度目のデートで抱くと宣言したが、ここまで直接的に自分から誘ったのも初めてのことだ。それなりに女性と付き合ってきたものの、これまではドライな大人の付き合いが多かった。女性に時間を取られるよりも、仕事や自分の時間を大事にしたかった。

（本当は、これ以上関係を進めるべきじゃないのはわかっている）

彼女個人は正直とても魅力的だが、父親の思惑が面倒なのだ。にもかかわらず自ら旅行に誘うのだから、思っていたよりもずっと真綾を気に入っている。

今まで他人――特にプライベートにおいて、女性にペースを乱されることはなかった。だが、真綾のペースに巻き込まれるのを楽しんでいる自分がいる。

「主税局の局長も今回の縁談の行く末を気にしていたぞ」

中島の声に顔を上げる。

大和らがいる主計局が、国の予算や決裁の作成、つまり、予算編成権という財務省の権力の中枢ともいえる役割を担っているのに対し、主税局は、税制の企画や立案、税収の見積もりなどを担当している。

現在、主税局では税制の抜本改革を盛り込んだ税制改正法を企画している。中長期を見据えた肝入りの法案だが、法制化するには国会での承認が必要だ。つまり、政治家らの賛同、とりわけ与党の同意を得なければならない。

「主税局なら、国税から情報を得られるでしょう。政治家の不透明な資金の流れを把握すれば、彼らも喜んで法制化に協力してくれるのでは？」

主税局は徴税権を持ち、実際に税を徴収する国税庁は、財務省の下部組織の扱いになる。要するに財務省は、政治家の弱みを握り、言うことを聞かせられる立場にあるのだ。

身もふたもない大和の発言に、中島が声をひそめた。

「おまえ、涼しい顔して腹黒いよなあ。けどまあ、それは最終手段になるだろうな。だけど次期総裁の噂がある園田議員は、そういった死角がいっさいないらしい。そこで、おまえの見合い話だ。注目もされるさ」

「迷惑な話です」

中島の語った内容は、大和の耳にも入っていた。主税局に籍を置く同期からの情報である。

組織に属する者として調和も大事にするが、だからといって自分を切り売りするような真似はしない。それは大和の矜持《きょうじ》でありスタンスだ。

周囲は、園田家との縁談が纏まることを期待している。だが、そういった思惑で見合いを続けていると思われるのは心外だ。真綾とは、あくまでも自らの意思で付き合っている。

彼女と恋人のような真似をしているのは、予想以上に好意を抱いているから。そうじゃなければ、厄介なバックグラウンドを持つ彼女と積極的に関わらない。

「そういえばおまえ、七月末に夏季休暇を申請していたな」

話題を変えた中島に頷き、「何か問題がありましたか？」と問うと、「予定どおりで問題ない」と返されて安堵する。

九月からは、主計局で予算編成が始まる。各省庁から提出された概算要求を精査し、予算編成大綱を決定するまでは目の回るような忙しさが続く。

ワーク・ライフ・バランスが推奨《すいしょう》されてはいるが、予算編成時は深夜残業もやむをえないことから、その前に休暇を消化しておく必要があった。

「俺たち主計局《しゅけいきょく》の季節は、夏が終わったら一気に冬だ。激動の三カ月を乗りきるために、しっかり英気を養えよ。どこか行く予定はあるのか？」

「そうですね……のんびり羽を伸ばせる場所に行こうかと」

「そうか。土産《みやげ》、楽しみにしてるぞ」

先に食べ終えた次長は軽い調子で言い置くと席を立った。

真綾の話題を中島とするのはひとまず終わりだ。九月に入れば、見合い話など気にかけていられなくなる。次に彼と話をするとすれば、結婚、もしくは破談になった場合だろう。

少しして食事を終えた大和は食堂を出ると、ポケットから携帯を取り出す。真綾に、休暇の日程を伝えるためだ。

自分の休暇期間を伝え、『予定をすり合わせましょう』とメッセージを送った。すると、『わかりました！　またご連絡します！』と返信が来る。

実際に会話をしたかったが、真綾が電話に出られる状況かわからないから控えた。それに、真昼間から彼女を赤面させるわけにいかない。

そう――真綾は、大和の声をいたく気に入っている。しかも、耳もとで囁くと効果覿面《てきめん》で、顔を真っ赤に染めてしまう。その表情にそそられるものだから、年甲斐もなくからかってしまうのだ。

自分の立場上、気を抜ける時間は少ない。何も考えずにいられるのは、せいぜい自宅の部屋にいるときくらいだ。しかし、真綾の前だと変に気負わずに済む。最初から、変態を装って接したのも一因だろう。

彼女と園田則之の思惑とを秤《はかり》にかけたとき、思惑のほうがはるかに重かった。けれど、今は秤が平行になりつつある。大和にとって、真綾の存在が大きくなっている証拠だ。

(旅行に行ったら、もっと彼女に惹かれるんだろうな)

自覚しつつも、抗おうとは思わなかった。結局、どれだけ理屈をつけようとも、真綾に好意を持っている。だから今必要なのは、彼女と一緒にいるために心を決めることだけだ。

(この夏が、人生のターニングポイントになる)

大和は携帯をポケットにしまうと、力強く足を踏み出すのだった。

＊

大和からメッセージが届いたその日。仕事から戻った真綾は、夕食時に母の雅美に旅行の話を切り出した。

「お母様、今月末に旅行に行ってもいいでしょうか？　藤堂さんから、南房総にある別荘に誘っていただいたんです」

「まあ、そうなの。ぜひ行ってらっしゃいな。藤堂さんといいお付き合いをさせていただいているのね。お父様には私からお伝えしておくわ。きっとお喜びになるでしょう」

「ありがとう、ございます……」

雅美は特に反対もせず、別荘に誘われるほど大和と親しくなったことを喜んでいた。

『男子を産め』と生前の祖父母から散々言われ、肩身の狭い思いをしてきた人だ。祖父母が亡くなったあとも、則之の意思に背くことなく従順な妻でいた彼女は、『真綾の伴侶を自身の後釜に据える』という夫の願いに近づいていることが嬉しいのだろう。

（でも……）

最初は、父母の望みを叶えるために見合いをした。生まれた子どもが女で、祖父母や父に落胆された母がつらい思いをしてきたのを知っているから。則之に認められた優秀な男性と結婚し、政治家・園田則之の地盤を継いでもらうことが真綾の使命だった。

今もその思いは変わらない。ただ、そういったことを抜きにして大和に惹かれている。けれど、彼に対する気持ちが大きくなるにつれ、後ろめたさを感じるようになった。見合いに臨んだ動機が不純でありながら、それを伝えられていないのが原因だ。

（旅行中に伝えよう。藤堂さんは、わたしのことを知りたいって言ってくれたんだから）

強引に頼み込んで見合いを継続してもらったが、大和は真摯に接してくれている。だから真綾も、彼には誠実でいたかった。包み隠さず現状を伝えたうえで、可能ならこのまま付き合っていきたいと思う。そのための努力なら惜しまない。

「お母様……藤堂さんは、とても素敵な方です。優しくて常に気遣ってくださいます。出会って間もないけれど、わたしは……あの方が好きです。わたしにはもったいないくらいの人ですが……できれば、結婚できればいいと思っています」

偽りのない気持ちを伝えると、雅美は「そうね」と上品に微笑んだ。

「お父様の選んだ方ですもの、間違いないわ。藤堂さんと結婚すれば、しあわせになれるはずよ。別荘にお邪魔しても、粗相のないようになさいね」

「……承知しています」

真綾はそう答えながらも、母とのズレを感じた。

大和の人となりを知って好意を持ったことを伝えたつもりだが、雅美はそう受け取らなかった。あくまでも、〝則之の選んだ人だから、結婚すればしあわせになれる〟と考えている。夫の選択に絶対の自信を持っているのは彼女らしいが。

（……お母様やお父様にわかっていただくのは、時間がかかるかもしれない）

見合い相手に好意を抱いているのだから、結果だけ見れば父母と真綾の間に相違はない。ただ、これは気持ちの問題だ。

真綾は、「旅行の件はお願いいたします」と母に告げ、自室へと戻った。

携帯をチェックするが、彼からのメッセージはない。最近、携帯を気にする機会がかなり増えた。以前はこれほど気にならなかったのに、一日に何回も着信やメールを確認するようになったのは、大和と付き合い始めてからだ。

（わたし……毎日、藤堂さんのことばかり考えてる）

彼を想うと、自然と笑顔になれる。会えば鼓動が跳ねるし、会えないときは何をしているのかを考えてしまう。こんなにひとりの人に心を占められることなんて今までにない。

しあわせで、少しだけ照れくさいようなこの感情に呼び名を与えるなら、〝恋〟が一番しっくりくる。改めて自分の気持ちを見つめた真綾は、初めての恋を大切にしようと決意する。それと同時に、旅行で告白しようと心を決めた。

（そうだ。旅行のことをお母様に伝えたって、藤堂さんに話しておこう）

時計を見れば、午後八時半。九月からは定時で帰れない日が続くらしいが、今のところは平気だと彼は言っていた。

声を聞きたい気もしたが、ひとまずメッセージに留めておく。『旅行、楽しみです』と文を締めくくると、今度は別のことが気になり始めた。

（そういえばわたし、可愛い水着って持ってなかった）

真綾はクローゼットを開けると、学生時代授業で着ていた水着を引っ張り出した。しかし、いわゆるスクール水着と言われるそれは、今身に着けるのは勇気がいる。

「今度の休みに買いに行こう。水着以外でも旅行に必要なものもあるしね」

ひとり呟いたときである。携帯が振動し、着信を告げた。

（えっ、藤堂さん？）

まさか電話がかかってくるとは思わず、「はい！」と勢い込んで出ると、彼が小さく笑った気配がした。

『こんばんは、真綾さん。今、大丈夫ですか？』

「部屋にいたので大丈夫です。ちょうど旅行のことを考えていたので、お電話いただいて驚きました。今からすごく楽しみです」

『私も楽しみにしていますよ。夏らしい遊びをするのは久しぶりなので』

言葉に違《たが》わず楽しげな彼の声を聞き、自分だけが心待ちにしているわけではないのだと嬉しくなる。

「わたしも、プールに入るのは学生のとき以来なので……今度、水着を買いに行こうと思っていたんです」

照れながら伝えたところ、『それなら、次のデートで買いに行きましょうか』と思いがけない提案をされた。

『旅行の計画も立てたいですし、一緒に買い物しませんか？』

「それは……わたしは嬉しいですが……」

大和を水着売り場に付き合わせるのは、少々気が引ける。すると、真綾の心情を悟ったように、『真綾さんの水着を一緒に選びたいので』と先回りして告げられた。

(一緒に……？　藤堂さん、水着の好みがあるのかな)

男女のことに疎いため、恋人同士で水着を選ぶのがふつうなのかはわからないが、彼は自ら性癖が特殊だと明かしている。ひょっとすると、女性の水着に対しても一家言もっているのかもしれない。

『こういう買い物や準備を含めて、旅行の醍醐味《だいごみ》ですから。別に、ことさら妙なデザインの水着を選ぶ真似はしませんから安心してください』

「し、心配はしていませんけど……藤堂さんの好みがあるなら、教えていただきたいです」

もしも彼の性癖に合致する水着があるなら、挑戦してみたいと思う。けれども、気合いを入れて尋ねた真綾に対し、彼は無言になってしまった。

「藤堂さん……？」

『ああ、申し訳ありません。あなたの発言が可愛いので、反応に困っていました。まさか、私の好みを考慮してくれるとは思っていなかったので』

どことなく楽しげに言った彼は、やや低い声で続けた。

『旅行も楽しみですが、次のデートも楽しみにしています』

「……わたしも、です」

甘く響く声に心をときめかせ、初恋に浮かれる真綾だった。


大和との買い物デート当日。真綾は待ち合わせ場所の百貨店の前に来ると、そわそわと辺りを見回した。

（まだ藤堂さんは来てないみたい。よかった）

ホッと胸を撫で下ろし、店の入り口で鼓動を弾ませながら彼を待つ。

休日で学生が夏休み期間とあり人出は多かったが、人々は日差しを避けるように足早に建物内に入っていく。そんな人波を横目に、真綾は店の外に留まり駅の方角を眺めた。

誰かと待ち合わせをする場合は、必ず二十分前には着くように行動していた。自分が待つ分には構わないが、人を待たせるのが嫌なのだ。真綾の生真面目な性格ゆえである。

それに、こうして彼を待っている時間はわくわくする。この前のデートでもそうだった。大和がこれから来てくれるのかと思うと、無性に嬉しかった。

休日のデートということで、前回よりも甘めのコーディネートにした。ノースリーブのトップスはデコルテがレースになっており、ドット柄のフレアスカートと合わせている。髪はハーフアップにして、顔回りをすっきりとさせた。仕事中は一本に纏めているが、プライベートでは下ろしていることが多く、今日のように手をかけることは珍しい。

大和とのデートを意識してふだんと違う装いだからか、先ほどから忙《せわ》しなく鼓動が跳ねている。彼と会える喜びで自然と頬を綻ばせたとき、大和の姿が目に留まった。

（私服の藤堂さんも最高に素敵……）

大和の姿を見た瞬間、真綾は目を奪われた。グレーのサマーニットに細身のパンツというシンプルな装いが、均整の取れた身体つきを際立たせている。こんなに完璧な造形の人間がいるのかと、今さらながらに感動する。

彼は真綾に気づくと、軽く手を上げて歩み寄ってきた。

「お待たせして申し訳ありません。暑かったでしょう？　中に入っていればよかったのに」

「大丈夫です。ここが一番早く藤堂さんを見つけられると思ったので」

店の中に入ってもよかったが、少しでも早く彼に会いたかったからこの場にいた。それくらい大和とのデートを心待ちにしていたのだ。

笑顔で答えたものの、彼は一瞬無言になった。けれど、気を取り直すように笑みを浮かべると、そっと真綾の背中に手を添える。

「食事してから買い物しましょうか。真綾さん、何か食べたいものは？」

「そうですね……暑いので、お蕎麦《そば》とかどうでしょうか」

真綾の意見を「いい案ですね」と快諾した大和は、ごく自然にエスコートしてくれた。

私服だからかプライベート感が強く、いっそうデートなのだと意識して浮かれてしまう。

その後。蕎麦屋に入り、ランチをとりながら旅行について話を始めた。といっても出発時間くらいで、「あとは向こうに着いてから決めましょう」と言われた。「あまり調べ過ぎても楽しみが半減するので、今回は事前に調べないように」とも。

「たまには、行き当たりばったりも楽しいと思いますよ」

ふ、と大和に微笑まれた真綾は、どぎまぎして頷いた。

彼は、真綾に負担がかからないようにしてくれている。調べものが好きなのは、生真面目な性格と相手を喜ばせたい気持ちからだが、則之の娘として完璧さを要求されるからでもあった。

(肩の力を抜けってことだよね)

直接そうと言わなくても気遣いを感じる。こういうさり気ない振る舞いをされると、ますます気持ちが大和に傾いてしまう。

「真綾さんは、車酔いはしませんか？　もし大丈夫そうなら、私が車を出すので、現地には車で行きましょう」

「えっ、いいんですか？　長時間の運転は大変なのでは……」

「二時間程度ですし大丈夫ですよ。今まで事故も違反もありませんから、安全にあなたを別荘までお連れします」

大和はそう言うと、綺麗な所作で蕎麦を啜《すす》っている。

素敵だな、と真綾は思う。容姿ももちろんだが、彼の纏う空気感や気遣い、何気ない箸使いに至るまで心をくすぐられる。

他人といて心地よさを覚えるのは貴重だ。それも、まだ出会って間もない相手に、である。人に惹かれるのは過ごした時間の長さではないのだと初めて知った。

「わたし、車酔いはまったくしません。旅行、本当に楽しみです」

「その前に、水着を選ばないといけませんね。私の好みを考慮してくれるようですし、期待していますので」

「ご、ご期待に沿えるよう頑張ります……」

この前の電話で、自分から彼の好みを教えて欲しいと言った手前、どんな水着を選ばれようと着るつもりだ。

蕎麦屋を出ると、目的地である水着売り場を訪れた。夏限定で水着専用のブースが開かれており、中に入ると様々なデザインの水着が並んでいる。客も女性だけではなくカップルも多くいて、仲睦《なかむつ》まじく水着を選んでいた。

「藤堂さんは、どういう水着がお好みですか?」

マネキンの着用している水着を眺めながら、真綾が問う。

水着とひと口に言っても、ワンピースタイプもあれば、ビキニタイプのものもある。可愛らしいデザインから布面積の少ないセクシーな水着まであり、目移りしそうだ。

「私の好みといっても、あなたに似合わなければ意味はありません。何着か試着してみるのはどうでしょう」

「あっ、そうですよね。えっと……どれがいいかな」

海やプールにプライベートで行った記憶は、小学生のころまで遡《さかのぼ》らないとない。それも友人と遊びに行ったのではなく、母に連れられて会員制のジムのプールへ行ったのみである。だからこうして水着を選ぶのは初めてで新鮮だった。

（あっ、これ可愛いかも）

目についたのは、白地にアイボリーのチェック柄で、セパレートタイプのワンピースだった。スカートの下にショーツを穿《は》くタイプの水着で、肩口がパフスリーブになっている。胸元にリボンがついており、背中で紐を結んで着る形だ。

「この水着を試着してみます」

「では、フィッティングルームへ行きましょうか」

大和はスタッフに声をかけ、フィッティングルームへ行く旨を伝えた。すると、「こちらへ」と案内されて着いた場所には、見慣れない文字が掲げられていた。

（カップル用って何……!?）

そこは、カップルで入室できるよう通常よりスペースを広く取っているフィッティングルームだった。個室が横に数室並んでおり、そのうち一室は使用中の札が掲げられている。

驚いていると、水着を見に来たカップルのために用意されているとスタッフが説明してくれた。女性が試着している間、水着売り場で男性が気まずい思いをしないように配慮して作られたスペースだという。

「では、試着が終わりましたらお声がけください」

フィッティングルームの一室の扉を開けたスタッフは、にこやかに頭を下げて立ち去った。戸惑って大和を見上げると、「入ってみましょう」と促されて入室する。思ったよりも広さがあり、彼は興味深そうに見回している。

「ふたり用のフィッティングルームなんて初めて入りました。顧客獲得のために店側もいろいろ考えているんですね」

「そ、そうですね……」

中には椅子や鏡が置いてあり、申し訳程度にカーテンで区切られた着替え用のスペースがある。さすがにこの場で着替えるのを心もとなく思った真綾だが、大和は特に気にする様子もなく椅子に腰を下ろした。

「真綾さんの水着姿、楽しみにしていますね」

「は、はい……」

とてもいい笑顔で楽しみだと言われれば、この場で着替えるのが恥ずかしいとは言えない。真綾は水着を持って試着スペースに入り、そっとカーテンを閉めた。

（旅行に行ったらもっと恥ずかしいことだってするんだから、着替えくらいで怯んでいられない……！）

自分を奮い立たせると、無理やり羞恥《しゅうち》を抑え込み服を脱ぎ始めた。

水着は太ももや臀部《でんぶ》が隠れるデザインで、着てしまえばふつうの洋服のように見える。

（可愛いデザインを選んでよかった）

下着姿になると、まず水着のスカートを穿く。実際の服だとミニスカートの丈だが、水着だと不思議と抵抗がなかった。次にブラを取り、パフスリーブに腕を通してみると、豊かな胸の谷間がしっかり見えるものの、リボンが可愛らしさを演出している。

予想以上に水着を気に入った真綾だが、ここで問題が生じた。

（……どうしよう）

背中で紐を結ばなければいけないのだが、どうしてもうまく結べない。前に屈んで背中に腕を伸ばして奮闘していると、カーテンの向こうから声をかけられた。

「真綾さん、どうかしましたか？　少し時間がかかっているようですが何か問題が？」

「問題というか、その……紐が、上手く結べなくて……」

大和に答えながら背中に腕を回していると、彼は水着の形状を思い出したのか「なるほど」と得心《とくしん》したようだった。

「それなら、私がお手伝いしましょうか」

（おっ、お手伝い……⁉）

「だ、大丈夫で……」

慌てて断ろうとしたが、もう遅かった。カーテンを開かれ、前屈みになった状態で大和と目が合ってしまった。

とっさにしゃがみ込んだ真綾は、顔を上げられないまま消え入りそうな声で言う。

「すみません、お見苦しいところを……」

パフスリーブのため、胸は露出することなく収まっている。だが、紐で結ばなければ、背中が丸見えである。着替えの途中に変わりなく、かなり恥ずかしい状態だ。

狼狽《ろうばい》して顔を上げられずにいると、大和はおもむろに床に膝をついた。

「そのままじっとしていてください」

彼は真綾の前から腕を回し、抱きしめるような体勢で紐を手に取った。肩を縮こまらせて身じろぎせずにいると、器用に紐を結んでくれる。

「できましたよ」

「あ……ありがとうございます……」

「さあ、立って。鏡で見たいでしょう？」

（やっぱり藤堂さんは落ち着いてるな。こういうときも、全然動じないし）

意識しているのは自分だけだと思うと、少しだけ寂しい。年の差や経験値の違いを思い知らされる気がするからだ。けれど、彼にふさわしい自分になりたい気持ちもある。

（わたしも、いちいちうろたえないようにしないと）

何事もなかったように立ち上がった真綾は、大和に誘導されて鏡の前に移動した。

水着自体は可愛らしいし満足だが、彼と並ぶには幼い気がする。別のデザインにしたほうがいいかと考えていると、鏡越しに彼と目が合った。

「よく似合っていますね」

「そう……ですか？」

「ええ。あなたも先ほど気に入っていたはずですが、何か不満が？」

「イメージどおり可愛い水着ですけど、子どもっぽいかな、と……」

視線を泳がせながら言うと、口角を上げた大和に肩を摑まれた。腰を落とした彼は真綾の肩口で顔を並べ、甘い声音で囁く。

「こんなに色気のある人が、子どもっぽいわけがないでしょう？　あなたがこの水着で海に行けば、数分も経たないうちに男に声をかけられますよ」

「そんなこと……」

「あなたは、自分がどれだけ魅力的か自覚したほうがいい。言ったでしょう？　〝悪い大人に付け込まれる〟と」

耳の奥に浸潤する大和の声に、肌がぞくぞくする。肌の露出がいつもよりも多いせいか、まるで素肌を声で撫でられているようだ。

摑まれている肩から熱が上がっていく。鏡の中の自分はやけに顔が火照っていて、それがまた羞恥を煽った。

「真綾さん、わかってますか？」

「わ、わかりません。だって、魅力的というなら藤堂さんのほうがよっぽどそうです。だから、せめて釣り合うように大人っぽくなりたくて」

この発言自体が子どものようだ。自覚して視線を合わせられずにいると、肩を摑んでいた手が背筋を下りてきた。

「困った人だ。釣り合いが取れないなんて、勝手な思い込みをして」

「あっ……」

彼は、先ほど結んでくれた背中の紐を解いてしまった。その手で腰を抱きよせ、もう片方を胸のふくらみに這わせる。水着の上から指を食い込ませられ、驚いて鏡越しに彼を見る。すると、涼やかな瞳とかち合った。

「この水着、脱がせやすいですね。こういうことがしやすくていい」

「こういう、こと……って」

戸惑いながら問いかけるも、彼は行動で示すかのように胸を揉み続けた。水着の上から乳頭の位置を探り当て、そこを集中的に押し擦られる。

「あ……っ、ん」

初めて性的に触れられた感覚に、小さく声が漏れる。布と擦れた乳頭がじくりと疼《うず》き、彼の声を聞いたときと同じような心地に襲われた。

（そういうことをするのは三回目のデートって言ってたのに、どうしていきなりこんな場所で……？）

彼に触れられるのはとても嬉しい。好きな人のぬくもりは、今までにない心地よさを真綾に植え付ける。けれど、同時に混乱していた。まさかフィッティングルームで淫らな行為に及ぶような真似をするとは想像すらしなかった。

鏡の中で視線が絡む。大和の目は色気を湛《たた》え、真綾の姿を眺めている。見られていると思うと、どうしてなのか心拍が激しくなった。

「すごく鼓動が速いですね。こういう場所で触られて興奮しますか？」

「ち、ちが……っ」

「私はしますね。あなたが恥ずかしそうにしていると、特に興奮する」

これも大和の性癖なのだろうか。一瞬脳裏に過ぎった問いは、言葉にならなかった。なぜなら彼は、なんのためらいもなく水着のブラを押し上げたから。

たわわな双丘が、鏡の中でふるりと揺れる。胸が露わになると、直接手のひらで触れてきた。柔らかな弾力を愉しむようにして、両手で乳房を鷲掴みにされる。

「あっ⁉　ゃ、ぁっ」

「嫌ですか？　私に触れられるのは」

きゅっ、と乳首を抓《つね》られて、思いきり左右に首を振る。嫌じゃない。むしろ、もっとして欲しい。ただ、場所が場所だけに気になるだけだ。

「釣り合いなんて気にしなくていいんです。あなたは、そのまま素直でいてください。そのほうが私も気兼ねせずにいられる」

彼に答えたいのに、胸をいじられているせいで言葉にならない。

大和の手つきはストイックな外見とは裏腹に、ひどく卑猥だった。中指と親指で胸の尖りをこりこりと扱《しご》かれて、快楽に身悶えてしまう。

「ぁ、っ、ん！　はっ……あっ」

(どうしよう、気持ちいい……)

初めて施される胸への愛撫に、真綾は感じ入っていた。鏡に映る自分の顔は陶酔《とうすい》して、それを見ている彼もまた愉悦《ゆえつ》を滲ませている。

「綺麗な肌ですね。それに、ここも」

「ん、ぁっ」

扱かれてすっかり勃起した乳頭を、指の腹でくりくりと転がされる。そうされると、胎《はら》の内側がじんじんと疼き出す。何もかもが初めて感じることで、真綾はただうろたえた。

胸の先端をいじられて気持ちいいなんて、恥ずかしくなる。絶対に彼に知られたくないけれど、きっと鏡に映る表情で気づいているだろう。

「あなたは可愛い人だ。若くて、健気《けなげ》で、素直で。こんなところで私に脱がされても、応えようとしてくれている。私のほうがよほどあなたに釣り合いが取れていないですね」

「は、ぁっ……そんなこと……んっ」

「自覚してください。あなたは、自分で思っているよりも、ずっと素敵な女性ですよ。私の理性を奪うくらいに、ね」

彼の言葉と甘い声に、真綾の膝ががくがくと震える。胸への愛撫に加え、彼が褒めてくれた。そのことで喜んだ気持ちに引きずられ、身体が蕩《とろ》けていく。

下肢がじっとりと湿り気を帯びる。快感を覚えて濡れているのだ。浅ましく熱を持った体内の反応が恥ずかしくなり、まなじりに涙が浮かぶ。

（わたし、こんなに濡れちゃうなんて……藤堂さんに知られたら生きていけない……！）

彼にいやらしい女だと思われるのは嫌だ。でも、気持ちとは裏腹に、ショーツには愛蜜がべっとりとついている。快楽と羞恥の狭間で理性が揺れ動き、まなじりから涙が零れたとき、不意に乳首をいじくっていた指先の動きが止まった。

突然行為をやめた彼に困惑し、鏡越しに見つめる。大和は胸から手を離すと、水着のブラを引き下げた。その手で真綾の肩を掴んで身体を反転させ、顔をのぞき込む。

「泣かせてすみません、やりすぎました。あなたが嫌がることをするつもりはなかった」

「違っ……違うんです。嫌じゃなくて……気持ち、よかったんです。それが恥ずかしかっただけで、嫌がったわけじゃないんです」

むしろ、大和に触れられるのは嬉しい。そう伝えると、彼は少し困ったように笑った。

「怒ってもいいんですよ？」

「怒らないです。ここではちょっと困りますけど……藤堂さんに触れてもらえて嬉しかったです」

自分の気持ちを齟齬《そご》なく知ってもらうために、真綾は言葉を継ぐ。彼は、「本当に困った人だ」と呟き、真綾をそっと両腕で包み込んだ。

「いいですか？　私以外の男に間違ってもそういうことを言わないこと。約束ですよ」

「もちろん言いません……こんなこと誰にでも言うわけでは」

「わかっています。ただの確認です。あなたが、危なっかしいのと……私が心配なので」

彼の声は、どことなく苦笑を含んでいた。それがなぜなのか、察するにはもっと大和と過ごす時間が必要だ。いずれは表情や声だけで気持ちを推し量れるくらいに彼を理解したいと心から願う。

そんな想いをこめて、彼の背中に腕を回す。抱きつくと、なぜか安らげる気がした。彼のぬくもりも香りも、真綾にはとても心地いい。

「藤堂さん、いい匂いがしますね。なんだか落ち着きます」

「では、私たちは相性がいいんでしょう」

「そうなんですか？」

「Ｈｕｍａｎ《ヒューマン》　Ｌｅｕｋｏｃｙｔｅ《ロイコサイト》　Ａｎｔｉｇｅｎ《アンチゲン》——ヒト白血球抗原、俗に言うＨＬＡは白血球の血液型ですが、人は自分とより異なるＨＬＡを持つ異性に惹かれるそうですよ。あなたが私の匂いで落ち着くのなら、遺伝子レベルで気に入ったのかもしれませんね」

　冗談っぽく告げられたが、本当にそうなのかもしれないと思う。彼とこうしているだけで心が充足する。彼の性癖がどうであれ、それ以上に好きなところが多い。相性というものがあるなら、真綾にとって大和はこれ以上ないほど相性のいい相手だ。

「あとは肌が合うかどうか、かな」

　さらりと囁かれた台詞にドキリとする。つまりは、身体の相性がいいかどうか、ということだ。いくら未経験だろうと、その程度のことは理解できる。

　彼の胸から顔を上げると、「頑張ります」と気合いを伝えた。何をどう頑張るのか説明は難しいが、とにかく努力して大和の性癖を受け止めたい。

「私のために頑張ってくれるんですか？」

　大和は見入ってしまいそうなくらい極上の微笑みで首を傾げ、真綾に顔を近づけた。

「旅行、心待ちにしていますね」

真綾は小さく頷くと、赤面してふたたび彼の胸に顔を埋めた。

＊

真綾を家まで送った大和は、マンションに戻るとソファの上に横たわった。乱暴に足を肘置きにのせ、ため息をつく。今日の行動について、反省していたのである。

フィッティングルームに彼女と一緒に入ったときは、手を出すつもりはなかった。せいぜい水着姿を堪能しようと思ったくらいだ。

だが、真綾が可愛らしいことを言うものだから、つい悪戯心が湧いてしまった。

（『釣り合うようになりたい』なんて、彼女は自分のことをまったく理解していない）

確かに年齢は少々離れている。でも、それだけだ。容姿だけで言うなら、真綾は非常に可憐だし、スタイルもいい。白く透き通った肌に、細くくびれた腰、すらりと長い手足や豊かに実った乳房は、充分に男の劣情をそそる。それに、性格も真面目で素直だ。

今まで真綾が誰にも手を出されなかったのは、園田則之のひとり娘だから。与党の大物議員の娘に軽い気持ちで近づくような馬鹿は、周囲にいなかったはずだ。

だから彼女は、男慣れしていない。それゆえに無防備で危なっかしい。ふだん理性的なはずの大和が煽られるほどである。

そう――あの場で大和は欲情していた。釣り合うようになりたいと言う彼女のひたむきな気持ちに。清純さと色気を兼ね備えた煽情的な姿に、触れたい衝動に駆られた。

ほかの客が部屋の前を通るかもしれなかったし、店員が様子を見に来る恐れもあった。にもかかわらず、そんなシチュエーションすら欲望を増幅させた。

特殊性癖があると言ったのは、見合いを断る口実だった。しかし、フィッティングルームで興奮して不埒《ふらち》な真似に及んだのだ。もともと自分には変態性があったのではないかと思えてくる。

真綾は恥ずかしそうだったが、大和に触れられるのは嫌じゃないと言っていた。特殊性癖でも受け入れようと必死なのだろう。

(これで可愛く思わないわけがないだろう)

大和は再度ため息をつき、自分の気持ちを認めた。好感や好意、という生易しい感情ではなく、もっと明確な思いを抱いてしまった。彼女を、ほかの男に渡したくない。可憐でひたむきな真綾を自分のものにして、ずっと愛《め》でていたい。

(これがただの見合いなら、単純な話だったんだが)

いずれにせよ、今度の旅行が鍵になる。彼女に抱くと宣言しているからだ。けれど、真綾の身体を欲していても卑怯な真似はできない。自分の思いを率直に伝える必要がある。

誠実に向き合おうとしてくれる彼女に対し、裏切るようなことをしたくない。

（これも、彼女の影響だな）

真綾に真意を告げず抱くこともできる。何食わぬ顔で三カ月間付き合い、そのうえで『結婚できない』と言えば、善良な彼女は最初の約束を守って身を引くに違いない。

そんなことをすれば真綾を傷つけるのは明白だが、則之の地盤を継ぐつもりがない以上、破談にしたほうが互いのためになる。

しかし大和は真綾を傷つけたくなかったし、父親の思惑よりもふたりでいる未来を選んでもらいたいと思っている。もちろん、そんなことになれば、則之は激怒するだろうが。

（知ったことか。彼女が手に入るなら、敵に回そうと構わない）

ひとりの女性を強く欲したことがない大和は、初めて抱いた真綾への感情に腹を括る。必ず自分を選ばせようと心に決めると、口角を上げていた。

3章　忘れられない初体験

旅行の当日は、夏らしく雲ひとつない蒼穹《そうきゅう》が広がっていた。

大和の運転で藤堂家の別荘へ向かう車中、真綾は窓の外から見える景色に心躍らせた。

「綺麗ですね。わたし、こんなふうにバカンスすることなんてあまりなくて。だから今日、すごく浮かれています」

「私もですよ。あなたがいなければ、別荘に行こうとは思いませんでした」

彼はさらりと真綾が喜ぶことを言い、軽快に運転している。綺麗な景色はもちろんだが、となりにいる大和に一番ドキドキさせられる。彼の運転する姿を見るのは初めてだが、安全運転だ。そして、やはりと言うべきかとても格好いい。

精悍《せいかん》な横顔は何時間見ていても飽きないし、飾り気のないTシャツも細身のデニムも似合っている。スーツを着ているときよりも若く見え、なおさら見入ってしまう。

（この旅行で、藤堂さんと……大丈夫、ちゃんと下調べはしてきたし）

いざそういう行為になっても動じないように、真綾は特殊性癖についてネットでしっかりと調べていた。以前ＳＭサイトを見たときよりもディープな世界を垣間見ることになったが、いい勉強になった。たとえ彼に何を求められようと応じるつもりだ。

（藤堂さん以外の人と結婚したくない。好きになってもらえるように頑張ろう）

すでに見合いからひと月以上経過している。大和との約束は三カ月。その間に気に入られなければ、縁が切れてしまう。それだけは絶対に嫌だ。

真綾がそう思うのは、則之に厳命されたからじゃない。彼の人柄に惹かれたからだ。そして、大和以外の男性に触れられたくないと感じた出来事があったのも一因である。

それは、旅行のために休暇を願い出た日のこと。父の第一秘書である東野が、たまたま事務所に顔を出した。そこで休暇のことを聞き付けた東野は、『お嬢さんが休暇なんて珍しいですね』と、やけにしつこく理由を尋ねてきた。

旅行に行くことを明かしたところ、さらにしつこく相手のことを聞かれたが、『父母も知っている方です』と告げて濁した。職場で浮かれた発言をしたくなかったのだ。

けれど、見合いのことを知っている東野は、相手を察したのだろう。粘着質な笑みを浮かべると、距離を詰めてきた。

『見合い相手と旅行ですか。あの幼かったお嬢さんも大人になられたのですね』

そんな言葉とともに、突然手を握られた。

指を擦り合わせるようにねっとりとした触れ方をされ、真綾は背筋に怖気《おぞけ》が走るのを感じた。それまで東野に性的に触れられたことはなかったし、不埒《ふらち》な目で見られたこともなかっただけに驚いた。

東野はすぐに手を引っ込めると、何事もなかったように真綾から離れたが、とても恐ろしかった。今後彼とはなるべく関わるのを避けようと心に決めた出来事である。

大和にキスをされたり胸を触られたりしたときは、驚きこそすれ嫌悪はなかった。それどころか、嬉しいとすら感じた。彼に恋をしているからだ。

東野との一件で、大和への想いを改めて自覚した真綾は、ある決意をした。この旅行中に告白をしよう、と。

それともうひとつ、彼には伝えなければいけない。則之の思惑だ。真綾の夫に地盤を継がせようとしていることを黙ったままでは不誠実だろう。

（もしもそれで、振られたとしたら……そのときは、藤堂さんを諦めよう）

破談になったら、父はすぐにほかの相手を連れてくるだろう。大和以外の人との結婚なんてしたくないが、園田家のひとり娘として逃れられない運命だ。

今回の旅行は、人生の岐路《きろ》となる。好きな男性と結ばれるか、失恋してほかの男性と結婚するか。すべては、大和の判断しだいだ。

考えて緊張しているうちに、車が大きな別荘の敷地に入った。

玄関前に車を停めた大和は、真綾の分まで荷物を持ってドアの鍵を開けた。

玄関を入ってすぐ正面にあるリビングには大きな窓があり、茫洋《ぼうよう》とした海原が見渡せる。建物が高台に建っていることから、抜群の眺望だ。窓から庭に出られるようになっていて、庭には個人宅とは思えない広々としたプールがあった。

「荷物を片付けたら、プールに入りましょうか。ひとまず寝室に案内します」

〝寝室〟という単語に、意図せず心音が大きくなった。意識しすぎだと自覚はあるが、この旅行で抱かれるとわかっているため、気にしないほうが無理だ。もっとも、このあとの話の内容如何《いかん》では、どうなるかわからないが。

大和の案内でリビングから二階に通じる階段を上がると、彼が廊下の突き当たりにある部屋のドアを開けた。

「こちらで着替えてください。私はとなりの部屋で着替えますから」

「は、はい……わかりました」

ふたり分の荷物を置いた大和が部屋を立ち去り、改めて寝室を眺める。

キングサイズのベッドやドレッサーに加え、かなりの容量を収納できるクローゼットがある。まるで高級ホテルの一室のようだ。リビングからの景色と同様に、この部屋からも海が見渡せた。

ほかにも数部屋あるようだが、〝寝室〟というからには、今晩はこの部屋で彼と眠ることになる。そんな当たり前のことを考えて、ベッドを見るだけで妙に緊張してしまった。

（って、早く着替えなきゃ。藤堂さんを待たせちゃう）

真綾はキャリーケースを開けると、この前購入した水着を取り出した。試着のときは背中の紐が結べなかったため、ひとりでも着られるように何度か練習している。

無事に着替え終え、髪をうなじで結って纏めた。妙なところはないかと鏡の前で確かめると、パーカーを羽織って部屋を出る。さすがに、水着一枚で彼の前に立つのは、フィッティングルームの一件もあって恥ずかしかったのだ。

リビングに下りると、すでに準備を終えた大和が窓の外を眺めていた。

「藤堂さん、お待たせしました」

「ああ、着替えは大丈夫でしたか？」

振り向いた大和を見た真綾は、息を呑《の》んで足を止めた。

彼は、太もも丈のボードショーツを穿いているだけだったため、引き締まった筋肉を目の当たりにすることになった。服の上からではわからなかったが、腹筋が綺麗に割れている。まさに理想的な体形で、男性の色気が漂っていた。

「パーカー、脱がないんですか？」

「えっ、はい。あの……恥ずかしくて……」

「この前は、もっと恥ずかしいところを見せてくれたのに？」

揶揄《やゆ》するような口調で言いながら歩み寄ってきた大和は、おもむろに真綾の肩に手を伸ばすと、羽織っていたパーカーを脱がせた。予想外の行動に目を丸くしたとき、するりと頬を撫でられる。

「そんなに可愛らしい顔をしていると、今すぐ襲いますよ？」

（お、襲うって……！）

フィッティングルームでのあれこれを思い出し、頬が火照ってくる。彼は「冗談ですよ」と笑い、ごく自然に真綾の手を取った。

「私は、楽しみはあとにとっておくタイプなんです。まずは、水遊びしましょう」

どこまでも余裕の彼に、真綾は頷くだけで精いっぱいである。

窓から庭に出ると、太陽の光を浴びた水面がキラキラと反射していた。プールサイドにはビーチパラソルがあり、テーブルの上にはよく冷えた飲み物まで置いてある。真綾が着替えている間に、用意してくれたようだ。

「ありがとうございます。ひとりで準備させてしまってすみません」

「あなたはゲストなんですから気にしないでください。それよりも、楽しんでくれたほうが私も嬉しい」

大和はどこまでも大人で紳士的だった。先にプールに入ると、真綾に手を差し出す。

「ほら、来てください。ひとりでプールに入っても面白くないですから」

プールに入ってしまえば、水着姿も恥ずかしくないだろう。そう考えて彼の手を取った真綾は、次の瞬間、強引に水の中に引き込まれた。

「きゃあっ」

派手な水しぶきを上げてプールの中に飛び込むと同時に、逞しい腕に抱き寄せられる。彼に抱きついたまま体勢を立て直すと、やわらかな声が耳を撫でた。

「大丈夫ですか？」

「は、はい……いきなり手を引かれて驚きました」

「すみません。私も存外、浮かれてしまっているようです」

大和はいつも冷静で、浮かれているようには見えない。けれど、自分と同じように旅行を楽しみにしてくれていたのなら嬉しい。

太陽が燦々《さんさん》と降り注ぐ中、しばし水の中で彼と抱き合う。密着している肌は硬かった。女性とはまるで違う質感で、どうしても意識してしまう。服を着ているときにはわからなかった生々しい感触にぞくぞくする。

「……藤堂さんは、鍛《きた》えていらっしゃるんですね。アスリートみたいです」

「そうでもないですよ。たまにジムに行く程度です」

水の中にいるのに、身体の火照りが増している。大和の色気に当てられているのだ。視線を逸らしたいのに、吸い寄せられてしまう。

言葉少なに見つめ合っていると、顔を近づけてきた彼が誘うように唇を開いた。

（あ……）

自然と目を閉じた真綾は、無意識に薄く唇を開く。すると、優しいキスが落ちてきた。軽く唇を吸われうっとりと受け入れると、口腔に舌が入ってくる。彼の舌は、すぐさま真綾のそれを搦《から》め捕り、唾液を塗《まぶ》すように擦り合わせてくる。

「ん……ぅっ」

大和は舌の感触を味わっているのか、ねっとりと表面や裏側を舐めてきた。ざらついた彼の舌にくまなく口腔をかき混ぜられて、くちゅくちゅと淫らな水音が鳴る。互いの唾液が混ざり合って音を奏でていると思うと、とても卑猥な気がした。

溜まった唾液を嚥《えん》下《げ》すると、身体の中がむず痒くなってくる。女性は感じると胎の奥底が疼くのだと、彼と触れ合って初めて知った。

「あなたは、本当に可愛い。目の前にいると、つい触れたくなってしまう。私の人生で、そんなことは初めてですよ」

キスの合間に囁かれた声には、剝《む》き出しの欲望が滲んでいる。それが嬉しい。真綾にとっては大和と経験することのすべてが初めてだが、彼にも経験していないことが存在した。自分がその相手なのだとしたら、これほど喜ばしいことはない。

「わたし、も……全部、藤堂さんが初めてです。これから経験することは、全部あなたとがいい。……ほかの人じゃ、嫌です」

告白したも同然の台詞だが、本心だった。硬い胸板と密着している自身の胸が、緊張と期待で激しく動いているのがわかる。

彼は抱いている腕に力をこめると、至近距離で真綾を見つめた。じりじりと肌を焦がすような熱っぽい眼差しだ。いつも涼やかな男が見せる熱情を感じ、視線を逸らせない。

「またあなたは、私の理性を揺るがせることを言ってくれますね」

大和は真綾の頬に指を滑らせると、苦笑を浮かべた。

「本当は、今すぐにでもベッドに連れ込みたいところですが、あなたをこのまま抱くのはフェアじゃない。だから、私の気持ちを正直に話します。そのうえで、私とこのまま見合いを続けるかどうかを決めてください」

彼の顔は真剣だった。思わず息を詰めると、大和はゆっくりと言葉を継ぐ。

「お父上があなたの見合いをセッティングしたのは、ご自身の地盤を受け継ぐ男を探しているのが理由ですね？」

「えっ……どうして、それを」

「ある界隈では有名な話です。あなたはひとり娘だ。だから園田議員は、娘の夫に自身の跡を継がせるために、目ぼしい男を霞が関で探している、と」

大和の話を聞いた真綾は、情けなさで俯いた。まさか、人の噂になっているとは思わなかったのだ。それも、彼の耳にすでに入っていたというのだから驚く。

どの程度噂が広がっているのか想像できないが、おそらく大和が見合いを引き受けたことで、周囲に憶測が飛んだはずだ。〝藤堂大和は、園田則之の跡を継ぐつもりなのだ〟と。

（だから藤堂さんは、わたしにお見合いを断らせようとしたんだ）

父の跡を継ぐ気があるのなら、断ろうとはしない。ということは、彼は政治家に転身するつもりがないということだ。それなのに、真綾は食い下がった。優しい彼は、必死な姿を憐れに思い、見合いを続けてくれたのだろう。

「……申し訳ありません」

謝罪した真綾に、大和は「あなたが謝る必要はありません」と静かに続ける。

「私は、財務省を離れるつもりはありません。ですから本来であれば、あなたを抱く資格はないんです。でも――私は、あなたが欲しい」

真綾から離れた大和は、縁に手をついてプールサイドに上がった。そして片膝をつき、真綾に向かって手を差し伸べる。

「あなたは、お父上の跡を継ぐ男を夫に望んでいるんでしょう。私は、条件に合致しない男です。それでも、私を選んでもらいたい。議員になるつもりのない男が不要だというのなら、切り捨ててくれていい。あなたの判断に従います」

「藤堂さん……」

「三カ月と期限を決めたのは、その間にあなたが諦めてくれると思ったからです。ですが、今は違う。私が、あなたを諦めるのが嫌なんです」

（やっぱり、藤堂さんは素敵な人だ）

この状況で明かしてくれた大和の気持ちに、真綾は言葉にならなかった。何も告げずに抱くこともできたはずなのにそうしないのは、彼が大切に思ってくれているからだ。

政治家になるつもりがないにもかかわらず、大和は見合いを続けてくれた。すべて事情を知ったうえで、それでも一緒にいることを望んでくれている。感動と恋情がない交ぜになり、胸がいっぱいになる。

「……わたしは最初、父に言われるままお見合いをしました。優秀な方と結婚し、園田家の地盤を継いでいただくのはわたしの使命だったんです」

真綾は、生まれたときから〝女〟だから失望されていたことや、母が祖父母につらく当たられていたことを語った。自分は期待を裏切ってしまった子どもだから、せめて両親の希望を叶え、これまで育ててもらった恩を返そうと考えていたことを伝える。

「でも、わたしは……父の命令に関係なく、あなたを好きになりました。わたしこそ、藤堂さんを諦めるのは嫌だと思っています」

嘘偽りのない正直な思いを話しながら、差し伸べられている手に自分の手を重ね合わせた。大和に引き上げられて彼の胸に傾れこむ格好になると、そのままの体勢で伝える。

「両親の願いを叶えるためには、藤堂さんとお別れしたほうがいいと頭ではわかっていいます。それでもわたしは、藤堂さんが……好きなんです」

大和が政治家にならないと知れば、則之はほかの見合い相手を連れてくるだろう。これまでの真綾であれば、粛々《しゅくしゅく》と両親の意向に従っていた。

けれど、今は違う。自らの意思で、大和と一緒にいたいと願っている。

彼のぬくもりに包まれながら考えていると、そっと身体を離された。

「あなたが私を好きだというなら、もう逃がしません。ご両親には、いずれ私から跡継ぎにはならないとお話しします。ご両親からあなたを奪う責任は喜んで負いましょう。だから、私のものになってくれますか？」

「はい……ふつつか者ですが、よろしくお願いします」

まるで嫁入りするような台詞に、大和が表情を崩した。パラソルの下に置いてあったタオルを手に取ると、真綾の体を包み込む。

「プールで楽しもうと思っていましたが、我慢できそうにない。――あなたを抱きます」

タオルごと真綾を抱き上げた大和は、その足で部屋の中へ戻った。階段を上がって先ほど案内された寝室まで来ると、ベッドに真綾を下ろす。

「とっ、藤堂さん。ベッドが濡れちゃいますから、その……」

遠慮がちに声をかけると、背を向けて自分の旅行バッグの中を探っていた大和が振り向いた。その手には避妊具の箱があり、気づいた真綾が息を詰める。

「あとでシーツを替えますし、気にしなくていいですよ。それに、すぐにそんなことを気にする余裕がないくらい夢中にさせますから」

とても素敵な笑顔を浮かべて宣言されて、鼓動が高鳴る。いつもストイックさを感じさせる彼の目には欲望の火が灯《とも》り、フィッティングルームで見たときと同じ顔をしていた。

ベッドに膝を立てて見下ろしてくる大和を前に、まな板の上の鯉《こい》になった気分だ。これから抱かれると思うと緊張でどうにかなりそうだったが、どうしても伝えたいことがあり口を開く。

「わたし……心の準備はできているので、どんなことをされても嫌がりません。だから、藤堂さんのお好きなようにしてください」

真綾はこの日のために、しっかりと予習をしている。動画などで過激なプレイも視聴した。正直ものすごく恥ずかしかったが、大和と結ばれるために頑張った。調べものを得意とするからこそ、手を抜かずに勉強したのである。

予習をし、彼にどんな特殊性癖があろうと怯まない自信をつけた。そう告げると、大和はわずかに目を瞠《みは》り、綺麗に微笑んだ。

「私のためにいろいろ考えてくれたんですね、嬉しいです。ですが、今日はふつうに抱きます。初めてのあなたにいきなり過激な真似はしませんよ」

箱から取り出した避妊具のパッケージを枕元へ置いた大和は、真綾に伸《の》し掛かってきた。

フィッティングルームでしたように水着のブラを押し上げると、乳房に唇を近づける。

「この前は触れただけですが、今日は隅々まで味わわせてください」

「えっ……あっ、ん！」

乳房を中央に寄せた彼は、胸の頂きに舌を這わせた。双丘の乳輪を交互にねっとりと舐められ、淫らな光景に恥ずかしくなったものの、なぜだか目が離せない。大和の赤い舌先がいやらしくふくらみを舐め回す様は、淫靡なのに美しく感じる。

（なんだか、くすぐったくて……変な気分になる）

彼は、あえて乳首を避けるようにして舌を遊ばせていた。下乳を持ち上げて指を食い込ませ弾力を楽しんでいたかと思うと、唾液に濡れた乳輪に吐息を吹きかけてくる。熱い呼気が肌から体内にまで浸透していくような感覚に陥り、臍《へそ》の裏側がずくずくと疼く。

「藤堂、さ……ぁ、んっ」

ふだんとは違う甘ったるい声を出してしまい、真綾は自分の口を両手で塞ぐ。まるでもっとして欲しいとねだっているかのようだ。しかし身体は正直で、直接触れられていないのに彼の吐息だけで胸の突起が硬くなる。いじくって欲しいと言わんばかりに勃起し、小さく震えていた。

「こちらも舐めて欲しいですか？」

顔を上げた大和に問われ、首を縦に動かす。すると彼は、「わかりました」と魅惑的な声で了承し、勃ち上がった乳首を口に含んだ。

「あんっ、あぁっ！」

初めて乳首をしゃぶられた真綾は、思わず口を覆っていた手を解いて喘いだ。生温かい口腔に胸の頂きを招き入れられると、ころころと舌の上で転がされる。ぬるついた舌で乳首を舐められて、ひどく身体が熱くなる。

指でいじられたときとは違う感覚が体内に広がっていく。フィッティングルームでもかなり感じてしまったが、今のほうが気持ちよさは勝《まさ》っている。彼とふたりきりの空間でこれから抱かれようとしているから、よけいに快感を得ているのだ。

（声、恥ずかしい。でも、抑えられない……！）

大和のことを理解したくて様々な性癖を調べる過程で、アダルトビデオも視聴した。そのときは女優が派手に喘《あえ》いでいる姿を見てもピンとこなかったが、今なら実感として理解できる。まして真綾は、好きな男性に愛撫されているのだから、感じないわけがない。

「気持ちよさそうですね。舐められるのは好きですか？」

唇を離した大和が問う。その合間も、彼は乳房を揉みしだいていた。柔らかなふくらみが淫らな形に変わるのを視界の端で捉えながら、真綾は小さく頷いた。

「好き、です……藤堂さんにされるのは、なんだって気持ちいい……」

大和に触れられると、心も身体も悦びを訴える。口を開けば、もっとして欲しいとねだってしまいそうで怖くなるほどだ。

　率直な感想を伝えた真綾に応えるように、彼は淫靡なしぐさで豊乳を捏《こ》ね繰り回した。ピンと張り詰めた乳嘴が大きな手のひらに擦れ、びくんと四肢が震える。

「んっ、は……」

「フィッティングルームで見たときから、ずっとこうしたかった。あなたは私の欲望をたやすく抉《こ》じ開けてしまうんですよ……真綾」

「っ……」

　初めて彼に呼び捨てにされたことで、股の間から恥蜜が零れてくる。欲を孕《はら》んだ大和の声はいつもよりも色気を帯びていて、よけいに感じ入ってしまった。

　恥部がぬるぬるになってしまったのを知られたくなくて、これ以上淫らな滴《しずく》が流れないよう腹の内側に力をこめる。すると大和は、片手で胸の尖りを刺激しながら、もう片方で太ももを撫でた。

「この前は、こちらには触れませんでしたからね。今日はいっぱい可愛がってあげます」

「だっ、だめです！　そこは……っ」

　彼は水を含んだスカートを捲《めく》り、足の付け根に指を這わせた。絶妙な加減で太ももに食い込む指に意識がいくと、今度は乳頭を中指と親指で扱かれた。

「んぁっ……」

新たに加えられた刺激に顎を撥《は》ね上げる。唾液に濡れた乳房をごしごしと擦られ、疼痛《とうつう》を覚えて身悶えてしまう。堪えようとするのに、意思に反して腰がくねくねと揺れ動き、シーツを握って耐えようとしても、身体に蔓延《まんえん》する淫熱は増すばかりだった。

真綾が乳房への刺激に気を取られているのを見透かしたように、大和の指は遠慮なく裾からショーツの中へ侵入する。そこは、明らかにプールの水とは違う水分で湿っていた。

彼は閉じている肉びらを左右に開き、秘裂を往復する。

「濡れていますね。感じてくれているようでよかった」

「やっ、ぁああっ……ッ」

はしたなく濡らしていることを大和に知られてしまった。それだけでも羞恥の極みだ。けれど、考える余裕もなく彼の指先に翻弄される。

大和は愛液をかき鳴らしながら、指を上下に動かした。くちゅくちゅといやらしい水音が鳴り、耳を塞ぎたくなる。しかし彼は、まるで真綾の羞恥を煽るような指の動きで追い詰めてきた。

「その様子だと自分でいじったこともないようですね？」

「んっ、は……い。なっ、いです……」

「では、全部私が教えてあげます。どこをどうすれば気持ちよくなれるかを、ね」

たっぷりと艶を含んだ声で告げた大和は、真綾のショーツを引き下ろした。彼を助けるように無意識に腰を上げ、さらに恥ずかしくなってしまう。

彼は羞恥に悶える真綾の身体を引き起こし、背中で結んでいた紐を解いた。抱きしめるような体勢で水着を外され、最後にスカート部分のボタンを取られると、あっという間に裸になってしまった。

とっさに胸を両腕で隠した真綾が彼に背を向けると、水着をベッドの下に抛《ほう》った彼は、背中から抱きしめてきた。

「隠さないで見せてください」

「だって……恥ずかしいです……わたし、こんな」

「それなら私も脱ぎます。ふたりとも裸なら、恥ずかしくないでしょう?」

言うが早いか、大和は抱きしめていた腕を呆気なく解いた。

背中を向けているため確認できないが、彼が水着を脱いだ気配は伝わってくる。水気を含んだ布が床に落ちた音がして、全裸になったのだとわかってドキドキする。

「真綾」

ふたたび背中から抱きしめられ、胸を覆っていた両腕に手を添えられた。

大和の声に促されるように力を抜き、おずおずと腕を下ろす。甘く艶やかな声で名前を呼ばれると、無条件に従ってしまいそうになる。それが怖い。

「気持ちよくしてあげます。私なしではいられないくらいにね」

「あっ⁉　だめっ、やぁ……んっ」

彼の両手が左右の内股に入り、強引に足を開かせられた。はしたなく開脚させられて閉じようとするも、大和は中指と人差し指で恥肉を押し開いた。蜜孔からとろとろと零れる淫液と肉襞を擦り合わせながら、割れ目の上で包皮に守られた花芽に触れた。

刹那《せつな》、真綾は全身に電気が流れたような感覚を味わう。

「そこ……っ、だ、めぇ……っ、怖、い……んんっ」

「すぐ慣れますよ。何も怖いことはしない。私に集中して」

大和は、左手で乳首を捻《ひね》ったかと思うと、右手で恥部を犯し始めた。それだけでも強い快感なのに、耳殻《じかく》までも舐めてくる。耳の裏側をねっとりと舐られてぞくぞくする。そちらに気を取られていると、次に肉びらをくいっと上に引かれた。露出した花芽が空気に触れて内股を震わせたとき、蜜に塗れた指先でそこを撫でられる。

「あ、ぁああっ……っ！」

敏感な淫蕾を刺激され、目の前が一瞬霞んだ。それほど強い快楽で、嬌声《きょうせい》が止まらない。

彼は優しいしぐさで蕾を転がしつつも、乳房を攻めることも忘れない。双丘の頂きをいいように扱き、唾液の音と一緒にぬるついた舌を耳孔に入れてくる。与えられる愉悦に意識が乱れ、何も考えられなくなった。

「藤堂さ……ぁんっ……おかしく、なっちゃ……うっ、ん！」

ぴりぴりと全身が痺れ、彼の胸にもたれかかる。すると、臀部に硬く熱いものがあたり、真綾は頬を赤く染めた。

（これ……藤堂さん、の……）

明らかに欲情した男性器の存在を肌に感じて息を呑む。大和は真綾の状態を察知したのか、耳穴から舌を抜いて囁きを落とした。

「気付きましたか？　あなたが可愛らしいので私も興奮しているんですよ」

「嬉しい、です……藤堂さん、が……そうなって、くれて」

自分ばかりが快感に浮かされているのは寂しいが、彼も欲情してくれたのならよかったと思う。ただでさえ、真綾のためにノーマルなセックスをしてくれようというのだ。少しでも大和に気持ちよくなってもらいたい。

「あ、あの……わたしも、何かしたほうが……」

「いいんですよ、気にしなくて。あなたはただ、私に溺《おぼ》れていればいい。だけど、ひとつだけ要望を言うなら……私の名前を呼んでください」

彼に乞われた真綾は、照れくさくなりつつも名を呼んだ。

「大和、さん……」

「よくできましたね、真綾。いい子です。いっぱい気持ちよくしてあげますよ」

艶のある低音が耳朶《じだ》を打ちぞくりとしたとき、彼は真綾の身体を反転させた。向かい合う格好になって思わず視線を逃すと、ベッドに押し倒される。流れるような行動に驚く間もなく、大きく両足を開かせられた。

「あなたのここ、舐めさせてください。美味しそうだ」

「えっ⁉　んっ、やぁっ」

淫汁塗れの肉筋を、つうっと指で辿られた。いじられるのも羞恥があるのに、恥部を眼前に晒すなんてとんでもないことだ。それに、プールに入っただけでシャワーを浴びていないから抵抗がある。

しかし大和は真綾の膝を摑み、割れ目に顔を近づけた。彼に阻まれて足を閉じられずぎゅっと目を瞑《つむ》ると、柔らかな舌先を濡れた肉筋に埋められた。

「んんっ、ぁああ……ぅっ」

敏感な部分に触れた舌は温かく、生々しい感触だった。蜜を含んだ淫らな襞を口に含まれ、軽く吸われる。そうされると、先ほど包皮を剝かれた花芽がひくりと疼く。小陰唇をじゅっ、と吸われる振動すら拾い、膣口からとろとろと愛液が垂れ流れた。

(恥ずかしい……っ)

真綾はこれまでの人生で経験したことのない羞恥と快感を同時に味わった。指だけでもかなり快感を得るのに、舌はまた別次元の淫熱を生み出す。

セックスで舐陰をすることがあるのは、事前の予習で心得ていた。だが、実際に自分が施されると、改めて思う。実体験の前では、机上の勉強など意味がないのだ、と。

「やっ……大和さ……もう……っ、ふっ、ぅ」

初めに感じた怖さはもうなかった。ただ、秘すべきところを愛撫され、自分が悦楽に呑み込まれそうなことが恥ずかしい。しかし大和は行為を止めるどころか、過敏になっている花蕾を口に含んだ。

「ん、ぁあああ……っ」

閃光が走るような鋭い淫悦に、真綾の腰がびくびくと撥ねる。熱い口腔内で肉粒を刺激されると、膣襞がうねって蜜液が溢れ出す。下肢が煮え滾《たぎ》るように熱い。快感を逃すように両足でシーツを掻くと、大和が花芽から唇を離した。

「肌が熱くなってきましたね。今度はこっちを可愛がってあげます」

真綾の双脚を持ち上げた大和は、身体をふたつに折り曲げる体勢を取らせた。膝の裏を手で押さえられて身動きできず、ひくつく恥部を彼の眼前に晒す。

「こ、んな格好……恥ずかし……っ」

「綺麗ですよ。いつまでも見ていたいくらいだ」

自身の唇を舌で舐める彼に、ぞくりとする。そこにはもう涼やかな彼はいなかった。欲望を滾らせて真綾に快楽を刻むただの男がいる。

「あなたに痛みは与えたくない。よく解《ほぐ》してあげますね」

大和は言いながら、ふたたび割れ目に顔を近づけた。息が肌にかかって太ももが震え、蜜口からとめどなく愛汁が流れ出る。

二本の指で陰唇を押し拡げた彼は、蜜の源泉に舌を挿入した。それと同時に花蕾を指で押し擦られ、真綾は悲鳴のような嬌声を漏らす。

「やぁっ……ん！　あぁっ、ぁあああ……ッ」

小さな膣口に舌先をねじ込まれると、まるで柔らかい生き物が体内に侵入してくるような感覚だった。未知の体験が怖くなり腰を捻って逃れようとするけれど、彼に膝裏を押さえ込まれて体勢を変えられない。

強弱をつけて花蕾を撫で擦られ、全身がぴりぴりと痺れていく。乳首が膝と擦れて気持ちいい。舌が挿入された膣襞はうねうねと蠕動《ぜんどう》し、胎の中に快感を募らせていた。

（初めてなのに、こんなに感じるなんて……）

自分がはしたなく思え、ふたたび両手で口を塞ぐ。だが、大和は真綾を煽るかのように露出している淫芽を摘まんだ。きゅっと内側が締まり、肌からぶわっと汗が噴き出す。

「んんんっ……！　んぅっ」

身体の中と外側を同時に責められたことで、意識が朦朧《もうろう》としてくる。視界は生理的な涙で歪み、尿意に似た何かがせり上がってきた。

（これ以上されたら……だめ……っ）

「や、まとさん……っ、お願……離して、ぇっ……！」

　自分で自分の身体がコントロールできない。真綾は必死に腰を左右に振って大和に限界を訴える。しかしその動きは、自分を追い詰めるものだった。腰を揺らしたことにより、摘まれていた花芯が彼の指と擦れてしまう。

「あっ！　あぁっ……ッ」

　快感を享受《きょうじゅ》するだけではなく、自ら積極的に貪るかのような動きだ。恥じ入って涙が零れたとき、大和の舌が蜜口から抜かれた。

「んっ……」

「この濡れ具合だと、あと少しで達《い》きそうですね。達くときは私の名前を呼んで〝達く〟と言うこと。いいですね？」

「はっ、い……っ、ふっ、ぁああっ」

　肉粒を扱かれながら告げられ、快楽に喘ぎながら返事をする。こういった行為について真綾は不慣れだ。だから、大和にすべて任せて従えば間違いはない。たとえ羞恥を伴うものだろうと、彼に応えたいと思う。

「では、あなたに初めての経験をしてもらいましょうか」

　不敵に笑った大和は、空いている手を淫孔に沿わせた。そしてためらいなく、つぷりと中指を内部へ挿入する。

「ちゃんと解れていますね。指が吸い込まれていきますよ」

どこか愉悦混じりの声で大和が言う。その声音ですら真綾の快楽の糧《かて》になり、挿入された指を締め付けた。いつの間にか呼吸が荒く、視界も狭くなっている。意識のすべてが彼に集中し、施される愛撫に溺れていた。

『達くときは私の名前を呼んで〝達く〟と言うこと』――彼の命令は破らないようにしなければいけない。淫楽に浮かされる頭で考えていると、蜜窟に埋められた指がぐるりと旋回した。臍の裏側を恥骨に向かって抉るように擦られ、これまで以上の快感を味わう。

(どうしよう、漏れちゃう……っ)

不安が脳裏を過ぎったが、それはわずかのことだった。蜜襞を強く摩擦され、花芽は蜜と混ぜ合わせながら優しく押される。二カ所に与えられた刺激は、大きな悦の波になって押し寄せてくる。迫りくる未知の感覚に抗えず、真綾は約束を果たすべく喉を絞る。

「や、まとさんッ……達く……っ、達っちゃうの……っ」

「よくできましたね、真綾。さあ、達っている顔を見せて」

「んんっ、ぁっ、ぁああ……ッ」

大和から視線を離さずに、嬌声を上げて絶頂を迎えた。

まるで全速力で走ったように心臓が拍動し、浅い呼吸を繰り返す。虚脱感と初めて快感の頂きに上り詰めた感覚に、思考すらままならない。

「上手でしたよ。ですが、本番はこれからです」

蜜孔から指を引き抜いた大和は、愛液を纏った指をいやらしく舐めた。そんな姿にすら反応してしまい、膣口からはとろとろと淫汁が溢れてシーツを湿らせている。

彼は枕元に置いていた避妊具の箱からパッケージを取り出した。それを口に咥えて封を破る間も、真綾の痴態を愛でるように視線を逸らさない。

「あなたを私のものにします」

宣言した大和は、自身に避妊具を着けると、濡れそぼつ秘所へあてがった。彼の先端が触れただけなのに、猛々しい感触に息を詰める。硬さも質量も指とは比べものにならない。本当に受け入れられるのかと腰が引けかけたとき、彼は真綾の膝裏に腕を潜らせた。

「痛かったら、私に爪を立てなさい」

ぐっ、と大和の腰に力がこもる。ついにそのときがきたのだと、真綾は知らずと身体を強張らせた。すると、不意に彼の指先が勃起している乳頭を弾いた。

「あっ……」

そちらに一瞬意識を持っていかれると、大和はそれを見計らったかのように雁首《かりくび》を蜜孔に捩《ね》じ込んだ。

「あぁっ！　んっ……ぁああっ！」

初めて男性を身の内に収めた感触に、思わずシーツを握り締める。ほんの先端を挿入されただけなのに、異物を阻むかのように淫口が狭まっている。それでも覚悟していたほどの痛みがないのは、大和が充分解してくれたからだろう。

「真綾、力を抜いて私に抱きつきなさい」

「んっ……」

考えるよりも先に、彼の背中にしがみつく。肌はしっとりと湿っていたが、とても熱かった。大和は先端を挿《い》れたまま動かずに、真綾の身体が慣れるのを待ってくれている。彼の優しい気遣いに、心も身体も満たされる。

「大和さん……わたし、大丈夫ですから……う、動いて、ください……」

「そういうことを言うと、止まれなくなりますよ？」

困ったように苦笑する彼に、小さく「いいです」と告げた。

「わたしは、気持ちよくしてもらったので……大和さん、も」

気持ちよくなって欲しい――。そう言おうとした矢先に、大和はグッと腰に力を入れた。大きな肉傘で隘路《あいろ》を掘削《くっさく》しながら、大和が薄く微笑む。

「あなたは、こんなときでも人を思いやる。困った人だな」

「ぁあっ⁉　んっ、ゃあぁ……ッ」

躊躇なく太棹で貫かれ、真綾は腰を撥ね上げた。解されていたとはいえ、やはり痛みは伴う。未踏の肉筒は長大な雄茎を受け入れたものの、あまりの質量で悲鳴を上げていた。

「奥まで入りましたよ……ほら、ここです」

大和の指先が、下腹部をつうっとなぞる。その動きに呼応するように胎内の肉槍が脈を打っていた。媚肉は侵入してきた彼自身に吸い付き、ますます真綾を追い詰める。

（奥、熱い……）

彼とひとつになれた喜びと、下腹を犯す鈍痛で視界が歪む。硬く長い彼の肉棒が狭隘《きょうあい》な蜜洞を押し拡げていく感覚は、息苦しいほどの圧迫感だ。

「痛みますか？」

気づかわしげに問われて首を振る。彼は、自分の性癖を封印して優しく抱いてくれている。その思いに応えたい。

「違和感は、あります。でも……大和さんとこうなれて、嬉しい」

「あなたは、本当に素直ですね。ですが、先ほども言ったはずです。止まれなくなる、と。初心者のあなたに無理をさせたくない……理性を保たせてください」

わずかに呼吸を乱した大和が言う。同時に、膣内を満たす肉槍がさらに硬度を増した。

狭隘な蜜洞が限界まで押し拡がり、全身に疼痛が渦巻く。粘膜同士が互いに共鳴するように蠢《うごめ》き、呼吸をするだけでも逞しい脈動を感じて快感を拾い上げた。

「無理、したいです」

大和の好きにして欲しい。性体験に不慣れな自分ができるのは、すべてを委ねることだけだ。大事に扱ってくれる彼だから、何をされても大丈夫。たとえ身体がつらくなろうと耐えられる。そんな確信が真綾にはある。

「……今ので完全にまいりました。もう本当に、どうしてあなたは……っ」

彼は独白のように呟くと、自身の腰を引いた。ずるりと媚肉が引き攣る感覚に真綾が眉根を寄せて耐えたとき、突如強く腰をたたきつけられる。

「っ、ぁああ……ッ、く、ぅっ……ん！」

視界がちかちかと明滅し、一瞬意識が飛びかけた。けれどもすぐにそれを引き戻すかのように、大和が最奥を抉ってくる。挿入を果たしてしばらく動かなかった彼が見せた激しい打擲《ちょうちゃく》が媚肉を擦り上げ、中に溜まった淫液を掻き回す。

「ひ、ぁっ、あああっ、ンぅっ」

硬い肉の塊が、これでもかというほど濡れ襞を圧迫する。彼が動くと肉傘が内壁に引っ掛かり、胎内を暴かれている心地になる。涼やかな見た目とは違う大和の苛烈な攻め立てに、真綾はがくがくと揺さぶられるのみだった。

豊乳が上下に揺れ動き、勃起した乳首が振動に反応して張り詰める。抽挿の激しさは骨が軋むほどの衝撃だが逃げられず、全身が彼に支配されているかのようだ。

「は……真綾、すごくいいですよ」

「んぁっ、ふ、っ……大和さ……んっ」

大和の声は少し掠れていて、より色気を放っている。むろん声だけに留まらず、表情も淫らだった。見ているだけでも身体が火照り、胎内が窄《すぼ》まる。彼に心が惹かれるほどに身体も反応し、真綾を女に変えていく。

（痛みが、薄れてる……）

内壁を擦り立てられていくうちに、徐々に抽挿がスムーズになっていた。体内を押し拡げられる痛みよりも、ぞくぞくとした感覚が大きくなっていく。

彼に奥を突かれると肉襞が窄まり、喜悦が深まる。ひとつになれた喜びが肉体が得る快楽を増幅しているかのように、身体の内も外も敏感になっていた。

「少しずつ感じてきたようですね……すごく締まる」

「あ、ぅっ……わ、かんな……」

「今はわからなくてもいいですよ。これから何度もするうちに、自然とわかります」

〝何度も〟と告げられて、胎内がぎゅうっと狭まった。埋まっている雄茎に蜜襞がしがみついている。見えない部分なのに、なぜかそんな感覚がした。

（これから、何度も大和さんとするんだ）

まるで、この先も一緒にいるのだと宣言された気がして、真綾は自然と笑みが浮かぶ。

大和の意思を知れば、則之はふたりのことを許さない。それでも、彼と共にいる未来を選びたい。互いに想いを交わして身体を重ねたことで、より強い気持ちになっている。

「あんっ、は……大和さ……大好き、です……っ、わたし……ん！　あ、ぅっ！」

「私も、好きですよ。……ほら、あなたのおかげでまた興奮した」

大和の台詞は事実だった。隘路を侵す肉塊の質量が増し、真綾をさらに追い詰める。びくびくと腹部が波立ち、全身が総毛立つ。なんとも言えない掻痒《そうよう》感に胎内が食い荒らされていき、身体が作り替えられるようだ。

「あ、あっ……や、まと……さんっ、気持ち、いい……っ」

無意識に本心を吐き出し、彼の背に爪を立てる。自分の中を削られ、擦られ、激しく揺さぶられる体験は、これまで経験した何よりも真綾の心に刻まれる。好きになった人と結ばれることが、こんなにもしあわせな気持ちになるのだと初めて知った。

彼の大きな背中に必死に縋り、絶え間なく与えられる快楽に耐えていると、不意に身体を起こした大和が真綾の両足首を持ち上げた。彼の肩に足首を引っ掛ける体勢になり、それまでとは違う角度で媚壁を擦られる。

「ひ、ぁっ……ゥッ、ンンンッ」

「もっと気持ちよくしてあげますよ、真綾。たくさん達ってくださいね」

艶笑を浮かべた大和の表情にぞくりとする。激しい腰使いでずぶずぶと蜜孔を穿《うが》つ様は、〝雄〟と呼ぶにふさわしい。彼に名を呼ばれて淫らな命令をされると、理性が剥《は》がされ本能が剝き出しになってしまう。

返事をする代わりに真綾が頷くと、大和はつながりの上で膨れている淫芽へ指を這わせた。律動に合わせて敏感な部分を擦られたことで愉悦が増幅し、全身から汗が噴き出る。

「んっ、ぅ……い、やぁっ……だめ、っ……そこ、ダメぇっ」

「可愛い反応ですね。だめと言いながら、とても感じている。わかるでしょう？」

真綾が淫楽に耽《ふけ》るほど、大和は楽しそうだった。ただ腰を振りたくるだけでなく、緩急をつけて肉筒を攻めてくる。巧みな腰使いと指使いに真綾は訳がわからなくなり、シーツの上で肢体をくねらせた。

（こんなにされたら、もう……っ）

肉傘がぐいぐいと押し入ってくる。最奥を貫かれると、脳まで痺れるくらいの衝撃を感じる。そこに痛みはない。ただ、ひたすらに感じ入る。大和への愛しさで身体がいやらしく拓《ひら》かれていき、自分が女なのだと改めて思い知る。

快楽に浸りきった頭で考えていたとき、肉傘のくびれで臍の裏側を引っ掻かれた。刹那、視界が歪み、息をするのを忘れるほどの快楽で目が眩《くら》んだ。

「あっ、ぁあああ……ッ」

「ここが気持ちいいんですね。答えを聞かなくても、あなたの身体がそう言っている」

真綾の弱点を見つけた大和は愉悦の滲んだ声で告げ、重点的に臍の裏側を攻めた。

ごりごりと濡れた胎内を突いては削《そ》がれ、意識が飛びそうになる。淫蜜が撹拌される水音が大きくなっていき、連なるようにして媚肉が収縮する。絶頂の予感にシーツを握り締めた真綾は、生理的な涙を浮かべて大和を見上げた。

「達っていいですよ。達きなさい、真綾」

真綾の状態を正しく察した大和が甘く命じる。その声が契機になった。

ぐずぐずに蕩けて痙攣する蜜肉を硬い雄槍が数回刮《こそ》ぐと、淫悦の大波が身体を襲う。

「ンンッ、は……あ、あっ、ぁあああ……──!」

喉を振り絞って嬌声を上げ、快楽の頂点へ駆け上る。深すぎる快楽に膣襞が延々と引き攣り、意識が朦朧としてくる。奥深くまで埋められた肉槍を食んで離さず、その感触がよけいに濃厚な悦を身体に刻んだ。

「まだ意識を飛ばさないでくださいね。私も達かせてください」

真綾の様子を眺めていた大和は微笑むと、ゆるりと抽挿を再開させる。

「あっ、待っ……まだ……だ、だめぇ……っ」

気を失いそうな真綾を繋ぎとめるようにふたたび胎内を揺すられ、その後声が嗄《か》れ果てるまで喘ぐことになった。

＊

その日の夜。大和は、足腰が立たず動けなくなった真綾を風呂に入れ、その後に食事を作って食べさせた。

ひとり暮らしが長いため家事は人並みにできたし、彼女を抱き潰したのは自分自身だから、せめてもの罪滅ぼしで甲斐甲斐しく世話をしたのである。実際は真綾にあれこれと世話を焼くのが楽しく、結果的に大和の満足感を満たす行為になっていたのだが。

昼間に乱してしまったシーツを新しいものに替えると、恐縮する真綾を抱き上げてベッドに寝かせた。自身もとなりで横になり、肘をついて頭を支える姿勢で彼女を見つめる。

白のレースのキャミソールにショートパンツを身に着けている姿は、清楚な色気があった。気を抜くと脱がせたくなりそうだ。

(さすがに、これ以上手を出したら獣だな。真綾を壊してしまう)

「……大和さん、ありがとうございました。わたし、全然動けなくてすみません」

申し訳なさそうに謝罪する彼女に、大和は「いいんですよ」と応じて頭を撫でた。

「私が無理をさせたんだから当然です。身体はつらくないですか?」

「大丈夫です。あの、すごくお料理お上手ですね。大和さんの家事の手際とか、無駄のない動きとか、わたしも見習いたいです」

真綾は、自分よりも大和のほうが料理や家事が得意だと感じたらしく、少々落ち込んでいる。そういう素直さも愛しい。変に見栄を張るよりも、できないことを認めて努力しようとする彼女の在り様がとても好ましい。

「家事は慣れですよ。よければ今度私の部屋に招待するので、一緒に食事を作りますか？」

「お邪魔してもいいんですか？」

「ええ、歓迎します」

大和は男女問わず、進んで自宅に招く性格ではない。プライベート空間を大事にするからだ。友人知人、かつての恋人も、めったに部屋に入れることはなかった。けれど、真綾だけは自ら部屋に誘っている。純粋に、喜ぶだろうと思ったのだ。

案の定、彼女は顔を綻ばせた。この表情が見られただけで、自宅に招く価値がある。

「真綾。次のデートで指輪を見に行きましょうか」

「えっ……」

「私はあなたが好きで、あなたも私を好いてくれている。思い合っていることがわかったので、もう見合いを続ける必要はない。次の段階に進みましょう」

大和の言葉に、真綾は大きな目を見開いた。よほど驚いたのか、とっさに返事ができない様子だ。代わりに、嬉しそうに頬を染めている。雄弁な表情が可笑しくて、ついその頬に指を添わせた。

「三カ月の期間を設けましたが、期間終了まで待てなくなりました。プロポーズは改めてするので、まずは婚約指輪を買いましょう」

「……はい、嬉しいです」

はにかんで答えた真綾は、感激したのか目を潤ませている。彼女との結婚で唯一懸念があるとすれば、父親の則之の件だ。結婚相手に地盤を継がせるつもりでいたのに、肝心の大和にその気がないことを知れば、ふたりの結婚を認めないだろう。

(ひとまず、真綾との結婚を最優先に考えよう。園田議員の件は、今すぐどうこうというわけじゃないしな)

大和は政治家になるつもりはない。だが、則之に意思を明かすのは結婚してしばらく経ってからでいい。まずは、真綾を手に入れることが先決だ。

「近いうちに、あなたの実家へ挨拶に行きます。ですが、お父上には私が地盤を継ぐつもりがないことは内緒にしていただけますか?」

目尻に浮かぶ涙を拭ってやりながら、彼女に問いかける。真綾は小さく頷くと、それまでとは一転し、やや表情を硬くした。

「父に言えば、大和さんと引き離されてしまいますし……言いません。親不孝なのかもしれませんが、わたしはもうあなたと出会う前には戻れない。戻りたく、ないんです」

親の勧めで見合いをするくらいだから、両親に逆らったことなどないに違いない。その彼女が、結婚するために親の意に反する真似をしようとしている。それだけ本気で大和を想っているのだ。

　真綾の覚悟を感じ取った大和は、優しく彼女を抱きしめた。

「私とご両親の間で、板挟みにさせてしまいますね。でも、あなたはお父上の意思を汲もうとしていたんです。悪いのは、政治家になるつもりもないのに見合いを継続した私です。あなたが気に病むことは何もない」

「大和さんは悪くないです。だって……父が跡取りを望んでいることを話していなかったのは、こちらのほうですから」

　真綾は決然と顔を上げた。濡れた瞳で見つめられた大和は、吸い寄せられるように口づけを落とす。唇を軽くついばんで離すと、不敵に笑ってみせた。

「大丈夫、何も心配はいりませんよ。あなたは、婚約指輪のデザインはどういうものがいいかを考えておいてください」

「わたしは、特にこだわりはないです。大和さんからプロポーズをしてもらえるというだけで胸がいっぱいですから」

　言われてみれば、彼女はデートのときも目立ったアクセサリーを着けていなかったように思う。だからやはりこれも、真綾の本心なのだろう。

「では、あなたが得意とする事前調査で、自分の好きなデザインを探しておいてください」

「はい、わかりました……頑張ります」

真綾は〝調査〟と聞き、がぜんやる気を見せた。自分のものを選べと言うと遠慮するが、調査しろと言われてスイッチが入るのが彼女らしい。

大和は柔らかな肢体を抱きしめながら、不埒な欲望が膨らむのを感じて自嘲《じちょう》する。真綾とのセックスは最高によかった。乱れさせて、善《よ》がらせて、身体の隅々を愛でる行為に没頭した。性欲は特別強いほうではないのに、彼女を何度も抱きたくなる。その理由はわかっているが、少々青臭い気がして自分自身でも照れくさい。

「本当に、あなたは可愛いですね、真綾」

ふと零れたのは、大和の本心だった。何度か真綾に告げた褒め言葉は、世間一般には使い古されているかもしれない。けれど、これまで女性を〝可愛い〟と感じたことなどない大和にとっては、最上級の賛辞である。

見た目も内面も、真綾は可愛い。時間が許すならば、部屋に閉じ込めて愛でたおしたい。実現すれば、さぞかし有意義で癒《いや》しの時間となるだろう。

真綾はよほど疲れているのか、いつの間にか眠りに落ちてしまっている。彼女の寝顔を眺めながら、無意識に笑みを浮かべる大和だった。

4章　甘く愛でられる日々

大和の別荘で初体験をしてからの真綾は、今までの人生が一変するような心地を味わっていた。いつもと変わらない景色が、なぜかキラキラと輝いて見えるのだ。

これまでは、どこか父母に対する罪悪感を抱えながら生きてきた。待望されていた跡取り息子ではなく娘として生まれたことで、自分の存在がどこか心もとなかった。存在を否定され続けて生きてきたのだからそれも無理はない。

けれど、初めて恋をした。そして彼も、真綾自身を望んでくれて結ばれた。それは奇跡的なことだと真綾は思う。

(大和さんのことを考えるだけで、顔が緩んじゃう)

八月中旬の週末。真綾はひとり笑みを浮かべながら、大和の住むマンションへ向かった。明日は休日のため、彼の部屋でお泊まりデートに誘われたのだ。だから今日は、仕事帰りに直接大和の部屋へ行くことになったのである。

前回のデートでは、別荘で約束したとおりにジュエリーショップで婚約指輪を選んだ。

大和から『自分に似合うデザインを探しておいてください』と言われていたため、事前に様々なジュエリーショップのサイトでデザインを勉強しデートに臨んだ。

当日は、プリントアウトした資料を作成し、大和に見せたのだが……『あなたと仕事をしたら、きっと捗《はかど》りそうですね』と苦笑された。自分がやり過ぎてしまったことを悟って羞恥に駆られたが、彼が笑ってくれたため落ち込まずに済んだのだった。

(指輪、できるのが楽しみだな)

散々迷って選んだのは、中央に三石のダイヤがあしらわれた指輪だ。出来上がるのは少し先だと大和から聞いていたが、今から楽しみでしかたがない。

真綾は浮き立つ気分のまま、マンションのエントランスにあるインターホンを押した。ロックを解錠してもらうと、彼はわざわざ部屋から一階まで下りて迎えにきてくれた。

「いらっしゃい、真綾。迷いませんでしたか?」

「はい、大丈夫です」

彼は最寄り駅で待ち合わせをしようと言ってくれたが、真綾は父の政治資金パーティーに出席して帰りが遅くなったため、会場から直接来ていた。

着替える暇がなかったから、ふだんよりもドレッシーな格好をしている。大和は気づいたようで、エレベーターに乗るとしげしげと見つめられる。

「あなたは見合いのときの和装もお似合いでしたが、ドレスもとても似合いますね」

「ありがとう、ございます……大和さんも、ラフなスタイルでも素敵です」

真綾は頬を染めて微笑むと、互いに褒め合うことに面映《おもは》ゆさを覚えた。

彼に褒められるのはとても嬉しい。これまでほかの人に褒められても、それは真綾自身のことではなく父のことだった。『さすが園田議員のお嬢さん』『お父様はご立派な方』――たいていの人たちは、真綾の背後に父を見ていた。

でも、大和は違う。本心から褒めてくれる。女というだけで両親から価値を認めてもらえなかった真綾にとって、それは貴重な言葉だった。

「たいした部屋ではありませんが、どうぞ」

「お邪魔します……」

大和の住居はいわゆるタワーマンションで、一軒家育ちの真綾には新鮮だった。部屋の中は彼らしいというべきか、整理整頓されている。

リビングに通されて落ち着きなく視線を泳がせていると、大和がギャルソンスタイルのエプロンを腰に着けている姿が目に入った。

（わ……素敵……）

彼は無地のシャツにデニムというシンプルな装いだったが、エプロンを着けたことにより、まるで高級レストランのギャルソンを思わせる。

目を奪われていた真綾は、我に返って大和に歩み寄った。

「あの、何かお手伝いを……」

「ありがとうございます。ですが、今日はお客様なので私がおもてなししますよ。ドレスが汚れると困るので、寝室で着替えてきてください。着替えは持ってきましたね？」

「は、はい。宿泊できるよう準備してきました」

「寝室はリビングを出て左の扉です。あなたが着替えている間に食事の用意をしておきます。もし先にシャワーを浴びるなら、好きに使って構いませんよ」

どこまでも至れり尽くせりである。「では着替えてきます」と、リビングを出た真綾は、おずおずと寝室のドアを開けた。

寝室にはセミダブルのベッドが置いてあり、中はモノトーンで統一されていた。機能的というべきか、よけいな装飾物はない。落ち着ける空間である。

（今日は、するのかな……）

準備していたTシャツとショートデニムを穿くと、ベッドを見てひとり頬を染める。

この前の旅行では、初心者の真綾を気遣った彼が優しく抱いてくれた。とても激しく、だけど甘さのあった初体験は、一生忘れられないものになった。

けれど、もしも今夜彼がセックスをするつもりなら、もう性癖を隠さないだろう。真綾は処女ではないし、お互いに想いを交わしている。何も遠慮する必要はない。大和も、自分の部屋というリラックスできる場所で開放的になるはずだ。

（大丈夫。大和さんの奥さんになるんだから、どんなことでも受け止めないと）

真綾がひそかに決意して寝室を出ると、リビングからいい薫りが漂ってきた。カレーだ。

部屋に入ると、テーブルにはふたり分のカレーが皿に盛りつけられている。

「ちょうど今、出来上がったところです。どうぞ掛けてください」

「すごく美味しそうですね……」

「あなたがここに来るまでの間に仕込んでいたんです。口に合えばいいですが」

真綾は椅子に座ると、対面に腰を下ろした大和を見つめる。財務省のエリートで整った顔立ちをしている彼は、それだけでかなりのスペックの高さだといえる。それだけではなく、とても優しく常に紳士的だ。そのうえ料理やその他の家事までこなすとなると、まさに完璧な男性ではないか。

おそらく、かなりの数の女性に言い寄られていたに違いない。大和の過去の女性遍歴は定かではないが、中には彼の性癖を知って離れた女性もいただろう。

でも真綾は、どんな彼でも愛せる自信がある。ほかの女性より誇れるのは、大和への想い。その一点だけは誰にも負けないし、負けたくなかった。

「真綾？　食べないんですか？」

「い、いえ！　いただきます」

うっかり思考に耽っていた真綾は、どぎまぎしつつ彼の料理に口をつける。すると、予想以上の美味しさに顔が緩んだ。

「美味しいです……！　辛さもちょうどよくて、クリーミーですね」

「口に合ってよかったです。以前デートで、省内の食堂の話をしたのを覚えていますか？　カツカレーだけはマシなんですが、美味しいとは言いがたいんです。だから、たまにカレーを食べたくなったとき作っているんですよ」

なんでもないことのように語る大和だが、今食べているカレーは、レストランで出されてもおかしくないほどの出来栄えである。

（料理も美味しく作れるなんて、大和さんはすごいな。わたしも頑張らなきゃ）

早急に料理の腕前を上げる必要性を覚えた真綾だった。


食事を終えると、真綾は食器の片付けを買って出た。ご馳走になったままでは、さすがに申し訳ないと思ったのである。

大和は気にしなくていいと言ったが、真綾は譲らなかった。どうしてもやらせて欲しいと頼み込むと、彼は苦笑しつつエプロンを貸してくれた。それは、先ほど彼が着けていたギャルソンスタイルではなく、紐を首にかけるタイプのものだ。

エプロンが何枚もあるあたり、ふだんから料理をしている証拠だろう。キッチンにある調理器具も使い込んでいることが窺え、大和の家事能力を目の当たりにした。

(今度は、わたしも何かを作らせてもらおう)

食器を洗い終えた真綾がひと息ついて考えていると、大和がキッチンに入ってきた。

「食器、ありがとうございました。かえって気を遣わせてしまいましたね」

「美味しいカレーをいただいたんですから、これくらい当たり前です」

微笑んで答えたものの、大和はなぜかじっと見下ろしてくる。

(何か変なことを言ったのかな？　初めてお邪魔したのに出しゃばりすぎた？)

脳裏に不安が過ぎったときである。大和は真綾の身体を囲うように、シンクに両手をついた。まるでキスをするときのように顔をのぞき込むと、口の端を引き上げる。

「エプロンお似合いですよ。こうしていると、新婚みたいですね」

「そう、ですね……」

大和はただ単に、エプロン姿を眺めていただけのようだ。けれど、それだけにしては至近距離で迫られて、どこに視線を据えていいかわからない。〝新婚〟というワードが出たこともあり、なおさら照れてしまう。

つい目を伏せたとき、それを阻むように顎に指をかけられた。顔を近づけてくる大和に誘われて瞼《まぶた》を下ろすと、優しい感触が唇に落ちてくる。

「っ、ん……」

口づけられた真綾は、ドキドキと胸が速くなるのを感じながらキスを受け止めた。唇の合わせ目から舌が忍び込み、口腔を舐る。彼にキスをされるといつも身体に力が入らなくなり、思わず目の前の胸にしがみつく。

舌の感触が心地よい。交わる唾液を嚥下すると、別荘で抱かれた感覚が蘇り、少しずつ熱が上がり始めた。大和に触れられて悦《よろこ》んだ記憶が、身体にしっかり刻まれているのだ。

「頬が赤くなってきた。あなたもその気になりましたか？」

唇を離した大和に問われ、口ごもる。キスで感じていることを見抜かれた恥ずかしさもあるが、彼がその気になっていると知って嬉しくなったのだ。

「大和さんも……その気に、なってくれたんですか？」

問い返した真綾に、大和は艶のある眼差しを向けてきた。

「ええ。あなたのエプロン姿に欲情しました」

「あ……っ」

Tシャツごとブラを捲り上げられて声を上げると、エプロンを胸の谷間に食い込ませられた。剝き出しになった双丘がふるりと揺れる。まるで乳房を強調させるような格好になり、真っ赤になって彼を見上げる。

「やっ、大和さん……⁉」

「このままここでしたくなりました。いいですか？　真綾」

問いかけながらも、彼は答えるよりも先に真綾のショートデニムのファスナーを下ろし、足元に落とした。止める間もなくふくらみを両手で揉みしだき、淡いピンクの乳頭を押し出すように指を動かす。

「あっ……こんな、ところで……」

「私は、あなたを前にするとどうにも自制が利かなくなる」

大和は、「先に謝っておきます」と告げると、真綾の乳首を扱き始めた。指の腹で撫で擦られると、そこはたちまち芯を持って主張を始める。いいように乳頭を捏ねくり回され、覚えのある疼きが少しずつ増していく。

（わたし……こんな場所なのに感じちゃってる）

彼に抱かれてからというもの、真綾の身体はそれまでとはまったく変わってしまった。舌や指、そして大和自身に散々愛でられたことで、すっかり女になったのだ。

膝が小刻みに震え、彼のシャツをぎゅっと摑んで耐えていたとき、不意に腰を抱き込まれ、ひょいと持ち上げられた。

「落ちないように、しっかり摑まってくださいね」

真綾をキッチン台に乗せた大和は、豊乳の頂きに舌を寄せた。ぬるつく舌先でふたつの乳首を舐められて、びくんと肩が揺れる。

「や、ぁっ……」

彼は上目で見つめながら、いやらしく乳嘴を舐め回した。淫らな光景を目にすると、よけいに感じてしまう。大和はわかっているから、わざと真綾に見せつけているのだ。

「大和、さ、ぁっ……んっ……ここじゃ、だ、め……ぇっ」

制止になりそうもない甘い声で訴えるも、やはり大和は止める気配がなかった。

ツンと勃起した乳頭を口に含み、強く吸引される。もう片方は指でこりこりと扱かれ、真綾はキッチンの縁を握って必死で快感に耐えた。

（もしかして、これも大和さんの性癖……？）

寝室に行かずにこの場で脱がされたのは、大和がキッチンで致すのを好んでいるからではないのか。欲情を抑えられないほどエプロン姿を気に入ってもらえたのなら、嫌がらずに受け入れたい。

乳房を弄ばれながら考えた真綾だが、思考は中断を余儀なくされた。彼に、乳首を甘噛《あまが》みされたのだ。

「んっ、ああ……！」

それまでと違う刺激を受けたことで、ショーツがしっとりと湿り気を帯びていく。大和に胸を愛撫されると、どうしようもなく気持ちよくなって羞恥や理性が奪われてしまう。

「真綾、気持ちいいですか？」

乳房から唇を外した彼に問われ、素直に首肯する。大和は満足そうに笑みを浮かべると、ショーツを脇に避けて指を侵入させた。

「本当だ。濡れていますね」

「や、ぁっ……はっ、恥ずかしい、で……っ、ふ、ぅっ」

彼の指が割れ目に沈み、真綾の欲情を暴いていく。乳房を刺激しながら花弁をぬるぬると擦られて、宙に浮いているつま先がぎゅっと丸まった。

くちくちと粘着質な音が自分の恥部から聞こえてくる。キッチンでするべき行為じゃないという理性と、彼の愛撫でいやらしく拓く身体の反応の間でせめぎ合う。大和はそんな真綾の揺らぎすら愉しむように、耳もとで囁きを落とした。

「真綾は、恥ずかしいと濡れてしまうんですね。そんなところも可愛いですよ」

「っ……！」

胸と恥部への刺激に加え、彼は声でも真綾を攻めてきた。大好きな艶のある低い声で羞恥を煽られると、ひとたまりもない。肌が粟立ち、淫液がとろとろと零れていく。

「大和さ……汚れちゃ……っ、ふぁっ」

ショーツに蜜が滲み、クロッチはすでにぐっしょりと濡れている。このままではキッチン台を汚してしまうと、真綾は彼を留めようとする。すると大和は、肉びらをいじっていた指を蜜口に添えた。

「心配なら、栓をしましょうか」

「えっ……んっ、ぁああっ！」

ぐちゅ、と音を立て、大和の指が淫孔に挿入された。それまで高められていた身体はいともたやすく指を受け入れ、内壁がひくついている。

（大和さんの、指……気持ちいい……っ）

浅い場所を指の腹で押され、内股がぴくぴくと痙攣する。指を挿れられたことで愛液は留められたが、その代わりに快楽が強まった。中を擦られる愉悦を覚えた胎内が、きゅうきゅうと収縮する。

「やっぱりまだ狭いですね。よく解さないと」

指を根本まで挿入した大和は、ごしごしと媚肉を擦り立てた。ショーツの中で手を動かされると、振動で花芽まで疼いてくる。布と擦れるだけで腰が揺れ、淫口に埋まっている指を締め付けた。

「んっ、はぁっ……や……ぁあっ」

腰を逃したいのに、座っているから変に動けない。それをいいことに、大和は蜜塗れの膣内を掻き回しながら、乳房の弾力を確かめるようにふくらみを弄んでいる。

「あ、ぁっ……ンッ」

身体が熱くて背中に汗が流れる。空調が効いているはずなのに、それ以上に体温が上昇しているのだ。下肢からじりじりとせり上がってくる淫楽に、成す術もなく溺れていく。

「やっ、まとさ……ぁっ……ンンッ……お腹、熱いの……っ、んぅっ」

「感じているんですね。だいぶ中も解れてきましたよ」

大和の指摘に羞恥を覚え、胎内をかき乱す指に媚肉が強く絡みついた。細く長い指の形に沿うようにして膣襞が蠕動する。

蕩けた肉体は、もう彼の意のままに操られている。だが、そのことがたまらなく幸せだ。真綾はさらなる幸福を追いかけるべく、行為に没頭する。

身体からよけいな力が抜けて自然と足が広がる。すると彼は、まるで褒美を与えるように親指で淫芽を撫でた。

「あんっ……！　ふっ、あああッ」

「真綾はここが好きですね。いじると中がすごく締まりますよ。指だけで味わっているのがもったいない」

大和はおもむろに恥部から指を引き抜いた。たっぷりと蜜を纏った指を舐め、ポケットの中から避妊具を取り出し、それを口に咥えて封を破った。デニムの前を寛げ、すでに勃ち上がっている陰茎に手早くゴムを装着する。

手際のよさに驚いていると、硬く反り返る彼自身が蜜孔の入り口にあてがわれる。

「私の腰に足を巻き付けてください。腕は首に持ってきて。できますか？」

「は、い……」

とてもはしたない格好になる気がしたが、今の真綾は本能のまま彼の言葉に従う。おずおずと両足で大和の腰を挟み、首筋に腕を巻き付けた。

「よくできました」

濡れた声が耳朶をくすぐり、ぞくりとした、その刹那――彼の昂ぶりで一気に奥まで貫かれた。

「んっ、ぁああッ！」

ぐちゅっ、と果実の潰れるような音とともに熱の塊が挿入され、四肢に力を入れて衝撃に耐える。彼にしがみつき、両足をしっかり絡めて密着すると、胎内に埋め込まれた雄槍の存在をありありと感じることになった。

力強い脈動が媚肉を圧迫し、身体を苛む。息をするだけでも最奥を貫く肉茎の質量を感じ、短い呼吸を繰り返していると、ひどく艶っぽい彼の吐息が耳朶に触れた。

「は……っ、動かなくてもとても好《い》い。最高ですよ、真綾」

「んンッ……大和さん、の……いっぱい、入って……」

「ええ、根本まで入っていますよ。今からたくさん掻き回してあげますから、しっかり摑まっていてくださいね」

いやらしい台詞を告げられた真綾の蜜洞が反応し、ぞくぞくと喜悦が生まれる。大和はそれを感じ取ったのか、一瞬呻《うめ》くような吐息を漏らすと、真綾の腰を強く抱く。これ以上ないほど身体を密着させ、力強い抽挿を始めた。

「あっ⁉　ンンっ……ぁあぁッ！」

最奥に肉塊がめり込む感触に、顎が撥ね上がる。初めて抱かれるわけではないのに、やはりまだ慣れていないのか異物感を覚える。けれど、真綾はもう知っている。骨の髄《ずい》まで痺れるような快感が、大和からもたらされることを。

大和は腰を前後に動かし、真綾の中を抉った。肌を打つ音とつながりから漏れる水音がキッチンに広がっていく。音と連動して淫孔がきゅうきゅうと窄まり、彼自身に絡みついている。それがまた、とてつもない快楽を覚えるものだから堪らない。

「やっ、ま、と……さぁっ……激し……ふ、ぅっ」

彼が動くたび、密着している胸が擦れる。乳頭がシャツと擦れ、そこからも喜悦が生まれている。ごつごつと容赦なく穿たれた胎内は小刻みに痙攣し、大和の腰を挟んでいる足から力が抜けていく。

「真綾……ほら、見てください。とてもいやらしい眺めですよ」

抽挿を緩めた大和が、エプロンの裾を持ち上げた。彼に促されて視線を下げた真綾だが、その卑猥な光景に羞恥が増した。

ショーツの横から、長大な彼自身が出し入れされている。それも、キッチンで。視覚的に煽られたことで、なおさら感じ入ってしまった。

「つながっているところを見て興奮したんですね？　また締まりがよくなった」

「ンンンッ……や、ぁっ」

正しく自分の状態を指摘され、恥じ入った真綾は目を瞑《つむ》る。そうすると、音や感覚がよけいに鋭敏になった。

肉傘の段差で媚壁を抉られ、ぐちゅぐちゅと中を掻き回され、身体の内側から大和に塗り潰されていく。自身の胎内は見えないのに、視覚を遮断すると想像力が働く。彼がどう動き自分を攻め立てているのかが、脳裏に浮かぶようだ。

「大和さん……気持ち、い……です……んっ」

「あなたは本当に、素直で可愛い。もっと感じさせたくなる」

彼は突然真綾の膝裏に腕を入れ、「しっかりしがみついていてください」と囁いた。反射的に彼の首にぎゅっと抱きつくと、次の瞬間、串刺しにされたような衝撃に襲われた。

（えっ⁉）

キッチン台に下ろしていた腰が浮き上がったと同時に、下肢に自重がかかった。

「んぁっ、ぁああっ」

思わず目を開けると、大和はつながりを解かぬまま真綾を抱きかかえている。本能的に両足をしっかり交差させて彼の腰を挟むと、「いい子ですね」と囁かれた。

「深いところまで届いていますよ。わかりますか？」

「や、ぁあっ……ッ、ンンっ」

立ったまま軽々と身体を持ち上げられたことにも驚くが、それを告げることも、彼の問いに答える余裕もない。自重がかかったことで彼自身を深く咥《くわ》え込み、最奥まで貫かれているからだ。

胎の中いっぱいに肉槍が埋まっている。子宮口まで抉じ開けられる感触に、真綾は息をするのも忘れていきんでしまう。

ありえない速さで心臓が拍動する。隙間なく大和と繋がって身体が重なっていることで、彼の鼓動も昂ぶりの脈動もありありと伝わる。彼が自分と同じくらい高揚しているのを感じ、ますます淫悦が蓄積されていく。

「真綾……大丈夫、ですか？」

「んっ……へ、いき……です……」

「それなら、少し動きますね」

大和は真綾を抱え上げたまま数歩歩いた。その振動で肉楔と媚壁が擦れて喉を反らすと、足を止めた彼が真綾の背を壁に寄りかからせた。大和と壁に挟まれて貫かれている状態で、どこにも逃げ場がない。

身体はすでに蕩けきり、自分では上手くコントロールできない。それなのに快感だけは余すところなく拾い上げるものだから、目の前の大和にただ抱きつくしかできない。

「こんなところで欲情するなんて初めてです。まったく、年甲斐もない」

苦笑した大和は、「すみません」と謝罪した。真綾が答えようと口を開きかけたとき、下から重い突き上げを身に受けた。

「っ、ぁああ……ッ……やぁ、っ、んんっ！」

下から貫かれるのは初めてだった。別荘で抱かれた体位とは違う種類の快楽が真綾を襲う。大和に腰を押し込まれると、ぐちゅんっ、と派手な淫音が鳴る。雄肉に摩擦された膣襞がひくつき、とめどなく湧いてくる愛液が胎内でかき混ぜられた。

（もう、だめ……っ）

下腹から喜悦が這い上がってくる。大和の逞しい胸と擦れた乳首も、ずんずんと脳を揺らすように押し上げてくる肉同士の密接も、真綾を絶頂へと追い詰める。

「んぁっ……大和、さんッ……達っちゃう……も、達っちゃうの……っ」

「いいですよ、存分に達きなさい」

大和の声が快感が弾ける契機になって、全身に浸透する。熱い奔流《ほんりゅう》が頭の先からつま先まで巡り、血液が沸騰《ふっとう》したように熱くなる。無意識に彼の頭を掻き抱いた真綾は、数度腰を打ち付けられて肉筒が激しく収縮する。

「あ、あぅっ、ん！　ゃぁっ、ぁあああ……──ッ」

艶声がキッチンに響くのも構わずに、喉を振り絞る。

「っ……く」

彼の呻きが聞こえると、自身の胎内が雄茎を強く食い締める。真綾は大和と一緒に達したことを嬉しく感じ、そこで意識が途切れた。

＊

真綾が自宅に宿泊した翌日。大和は昨日の行動について自省の念に駆られていた。むろん、彼女をキッチンで抱いた件である。

我に返ったのは、真綾が気を失ってからだ。まだセックス慣れしていない彼女を立位で抱いたこともそうだが、場所がキッチンだったのも反省すべき点だろう。

なぜ寝室まで待てなかったのかを考えたが無駄だった。要するに、真綾の可愛さに欲情し、自制心が壊れたのだ。

今朝、真綾が起きたと同時に謝罪した。だが、彼女は怒るどころか「わたしは嬉しかったです」と頬を染めるものだから参る。真綾には、きっと一生敵《かな》わないとすら思う。

（いや、敵わないどころかすでに屈服しているな）

厄介な背景を持つ彼女との結婚を決めたときから。もっと言えば、見合いを断る口実の『特殊性癖』発言を、受け入れようとする姿を見たときから。大和は、素直でしなやかな真綾に惹かれていた。

「大和さん、今日はどこへ行くんですか？」

マンションから車で移動する道すがら、真綾に問われる。「すぐに着きますよ」と微笑んで告げると、彼女は助手席で落ち着きなく視線を彷徨《さまよ》わせた。

真綾には伝えていなかったが、今日は前回のデートで購入した婚約指輪が出来上がる日だった。一緒に取りに行き、改めてプロポーズをしようと考えて彼女を誘ったのだ。

特別なシチュエーションを作って指輪を渡そうかとも思った。でも、少しでも早く真綾の薬指に指輪を着けたかった。ジュエリーショップで指輪を選んでいたときの彼女はとても幸せそうで、仕上がりを楽しみにしていたからだ。

車を走らせること数十分、ショップの駐車場に到着した。そこで真綾は、「……もしかして」と、大和の目的に気づき目を輝かせる。

「指輪、できたんですか？」

「ええ。昨日連絡をもらったので、あなたと取りに来ようと思ったんです」

趣旨を明かすと、真綾は満面の笑みで喜びを表した。

感情を表情に出す彼女を見ていると、微笑ましい気持ちになる。それと同時に安らぎを覚えた。

財務省に身を置き、癖のある職員や政治家らと関わる大和は、人間の表と裏を嫌というほど見てきている。ろくな知識もないくせに、利権と欲に塗れている政治家をいかにうまく使って省益を導き出せるか。そんなことばかり考えていると、さすがに疲労する。

一日の大半を霞が関で過ごし、気の抜けない中、家に帰ってまで駆け引きをしたくない。そういう意味で裏表のない真綾の性格は、大和の心を穏やかにさせる。彼女と生活を共にすることになれば、自分は笑顔が多くなるだろうと自然に想像できた。

真綾に車で待つように伝えて店に入ると、すぐに店員が注文していた指輪の箱を持ってきた。中身を確認してラッピングを待つ間、どことなく落ち着かない気分になる。

婚約指輪を真綾の指に嵌《は》めるところを想像し、気持ちが浮ついたのだ。ふだんは何事にも動じない性格だが、やはりプロポーズとなると勝手が違うようである。

緩みかけた顔を改めた大和は、ラッピングを終えた指輪を受け取って車に戻った。運転席に収まると、真綾は期待と緊張とで肩を縮こまらせている。

「真綾」

大和は彼女の髪先にそっと触れた。びくりと肩を震わせてこちらを見る大きな瞳は、心なしかすでに潤んでいる。

(真綾のこういうところが好きなんだな、俺は)

特別なシチュエーションなんて彼女は望んでいない。ただ真っ直ぐに大和を想い、プロポーズを待っている。大切にしている部分が自分と同じなのだ。価値観が同じことを嬉しく思いながら、大和は笑みを浮かべた。

「私と結婚してください」

指輪を取り出すと、彼女の左手をそっと持ち上げる。薬指に婚約の証を嵌めた瞬間、真綾の頬を涙が伝った。

「……はい。よろしくお願いします」

声を震わせて答えた彼女に微笑みかけ、指先で涙を拭う。綺麗な、涙だった。吸い寄せられるように顔を近づけると、軽く唇を重ね合わせた。

「好きですよ、真綾。見合いしたのがあなたでよかった」

「わたしも……大好きです。大和さんの奥さんになれるなんてしあわせです」

頬を紅潮させて見つめられ、ついシートを倒したい衝動に駆られた。己の抱いた不埒な欲望を自嘲した大和は、「そういえば」と話題を変える。このままでいると、理性が薄れて昨日のように求めてしまいそうだったからだ。

「あなたのご両親に挨拶に伺わないといけませんね。いつなら都合がいいか聞いておいてもらえますか?」

「あっ……そうですよね。父は今月の始めに臨時国会が終わったので、今は地元のお祭りやイベントに顔を出しているんです。たぶん、月末なら時間が取れるんじゃないかと思うので、スケジュールを聞いてみます」

言いながら、真綾は一瞬表情を曇らせた。おそらく、父親の思惑と大和の意思が違うことを知っているから不安なのだろう。

「安心してください。結婚の報告に行くのに、『政治家になるつもりはない』とは言いません。あなたの夫としてふさわしいと思われるように、しっかり猫を被っておきます」

「……すみません。父が跡取りになる人を望んでいるばかりに、大和さんによけいな気遣いをさせてしまって」

「それはお互いさまですよ。私が政治家になりたくないから、あなたに無用な気苦労をかけてしまっている。真綾、私たちはお父上に背くという点において共犯なんです。だから、あなたが罪悪感を覚える必要はない」

断言すると、真綾はホッとしたように表情を和らげた。

「あの、大和さんのご両親にはいつお会いすればいいですか？」

「うちは気にしなくて大丈夫ですよ。あなたのご両親に挨拶に行ったあとで構いません」

大和の両親は、息子の結婚にとやかく言うタイプではない。きっと真綾なら、可愛がられるだろう。そう伝えると、「大和さんの妻としてふさわしいと思われるように頑張ります」と笑顔を見せた。

（真綾との仲で障害になるのは、園田議員だけだな）

彼女に不安を与えるのは本意ではない。いずれは則之に本心を明かす必要がある。

でもそれは、今じゃない。上手くタイミングを許らなければ、真綾との結婚自体が破談になる。

おそらく挨拶に行けば、跡取り云々の件にも触れられるだろう。だが、政治家をあしらうのは仕事で慣れている。

則之の思惑をかわし、真綾を手に入れる。大和は彼女の薬指に光る指輪を見遣り、自らの想いを強くした。

＊

八月の末。園田邸に大和が挨拶に来ることになった。則之と雅美に、ふたりで結婚を報告するためである。彼には仕事終わりで足を運んでもらうことになり申し訳なかったが、この日しか父の都合がつかなかったのだ。

自室で彼の訪れを待つ間、真綾は緊張を落ち着かせようと胸に手を当てる。

(今日で、正式に大和さんの婚約者になれるんだ)

プロポーズされたことを伝えると、父はかなり喜んでいた。「これで園田家も安泰だ。おまえもようやく役に立ったな」と言われて複雑な気持ちだったが、曖昧《あいまい》に笑ってやり過ごした。彼との結婚は、父の意に背くことになるからだ。

たとえ父を裏切ることになろうと、大和と結婚したい。彼といると、自然体でいられる。これまで〝園田家〟から自らの価値を否定されてきた真綾は、父に従うことこそ使命だと考えていた。けれど大和と出会い、ようやく愛される喜びを知った。

（もう、大和さんと離れられない）

薬指の指輪を見つめると、幸福感で満たされるのを感じて笑みを浮かべる。

プロポーズをされて指輪を贈られた日、人生で一番しあわせだった。彼と一緒にいると、いつも心が満たされる。それは、身体を重ねるときも、何気ない会話をしているときも、大和が大切に扱ってくれるからだ。

「真綾、藤堂さんがいらしたわよ」

自室のドアをノックされ、母の雅美に呼ばれる。「今行きます」と答えて部屋から出ると、急いでリビングへ向かった。

緊張で指先が震える。両親に嘘をついたり、逆らってまで自分の意思を押し通すことなんて今までなかった。父の跡を継げないことが、園田家の人々の期待に沿えないことが、ずっと申し訳ないと思っていた。

でも、大和と出会って少しずつ真綾の心は解き放たれた。女として生まれてよかったと、初めて感じられた。妻にと望み、大切に扱ってくれる彼にふさわしい女性でありたいと、その努力をしようと前向きでいられる。

「失礼いたします」

リビングのドアを開けると、大和はソファに腰を落ち着けていた。スーツ姿の彼は、別荘やマンションで見せた淫らさをいっさい感じさせない。涼やかでストイックな美男子だ。

真綾を見た彼は、優しく微笑みかけてくれた。それだけで心臓は喜びを奏でるように拍動し、自然と口元が緩む。

「早く掛けなさい。お客様を待たせるんじゃない」

「は、はい。申し訳ありません」

則之に叱責され謝罪すると、大和のとなりに座った。ローテーブルを挟んで対面には父がおり、皆の分の茶を用意した母がその横に腰を下ろす。全員が揃ったところで、大和が話を切り出した。

「本日はお忙しいところお時間を頂戴《ちょうだい》しまして感謝いたします。すでに真綾さんからお聞き及びかと思いますが、先日プロポーズをして承諾をいただきました。ご両親にも改めてお許しをいただきたく伺ったしだいです」

すらすらと淀みなく述べる大和の様子に、真綾はつい見入った。則之は次期総理を目されるだけあり、独特の威圧感がある。園田事務所の秘書も、父を前にするといつも緊張感を漂わせていた。

けれど、大和は自然体だった。仕事で議員と関わることも多いというから慣れもあるのだろうが、気負いなどはまったく感じない。堂々と則之と対峙する姿は、気鋭の政治家のようですらあった。

「藤堂家と縁続きになれるとは嬉しいよ。お母上のご実家は名家だというし、私もぜひお近づきになりたいところだ。愚女ではあるが、これからもよろしく頼む」

　則之は鷹揚《おうよう》に答えると、口角を上げた。

「きみは優秀な男だと、主計局次長からも聞き及んでいる。いずれ財務省のトップに上り詰める男だとべた褒めだった。だが、やはり国を動かすのは官僚ではなく政治家だ。ゆくゆくはきみも、国政に参加したいとは思わないか？　この先の日本を作っていくのは、きみのような若く優れた人材だ。私はその一助になりたいと思っていてね」

　父の言葉の端々からは、官僚を下に見ていることが窺えた。そして、大和のバックグラウンドを魅力に思っていることを隠しもしない。

「次期総理と名高い園田先生にそう言っていただけて光栄です。いずれは、先生の考える理想の政策をご教示いただきたいものです」

　しかし大和は気にする素振りも見せず、則之の発言を受け流していた。『跡を継ぐ』とも『継がない』とも明言せず、『次期総理』と則之を立ててにこやかに会話を進めている。

　上手い、と真綾は思った。ここまでの会話だと、父が『自分の後継者になるつもりがある』と受け取ってもおかしくない。なぜならこれまでの則之の言葉に対し、大和は否定していないからだ。自分の考えを語ることなく、相手に気持ちよく話をさせている。

（とりあえず、挨拶は成功……だよね。よかった）

もとより、大和に嫁がせたい則之が結婚に反対するはずはない。問題は、大和が政治家になるつもりがないことだけで、それさえ明言しなければふたりの結婚は祝福される。

真綾がひそかに胸を撫で下ろしたときである。

「めでたく結婚が決まったことだし、今度両家で食事会でもしようじゃないか。母上のご実家の皆さんとも顔合わせをしたいものだ」

「お、お父様」

さすがに聞き捨てならず、真綾は口を挟んだ。

大和の母・美佐子は、旧財閥系企業創業者の娘である。もしも大和が政治家として歩むつもりがあったなら、強力な後ろ盾になる。潤沢《じゅんたく》な資金で選挙戦に臨めることが見込めるからこそ、則之は候補者の中から藤堂家を選んだのだろう。それだけに留まらず、美佐子の実家が経営する企業を自身の票田として考えているのかもしれない。

（でも、こんなにあからさまに言うなんて）

通常であれば、父の話を遮るなんてありえない。則之には絶対服従だと、物心のついたころから母に言い含められていた。

だが、大和自身ではなく、母親の実家への興味を隠そうともしない則之の在り様に、口を挟まずにはいられない。

真綾に話の腰を折られたのが気に入らなかったのか、則之が顔をしかめた。

「人の会話に割って入るとは、おまえはいつまで経っても落ち着きのない娘だ。まったく、事務所で働かせれば少しはマシになるかと思ったが、甘かったようだな」

「申し訳……ありません」

則之の鋭い眼光と容赦のない物言いに、竦んでしまう。長年培われた父への意識は、本人を前にするとことさら真綾を畏縮《いしゅく》させる。

「真綾、おまえは藤堂くんが仕事に打ち込めるよう尽くせ。それが不出来なおまえのできる唯一のことだ」

「……はい、お父様」

いつものように首肯すると、則之はまだ苛立ちが収まらないというように続ける。

「おまえのように特技もなければ面白味もない娘をもらってくれるんだから、これほどありがたいことはない。ようやくおまえも私の役に立ったな」

愉快そうに笑う父に、真綾はつい視線を俯かせた。

これまでにも、則之からは悪気なく厳しい言葉を投げかけられている。それらはすべて、自分が園田家が待ち望んでいた男児ではなかったからだと、甘んじて受け入れていた。父母の期待に沿えない自分が情けないと、そう思っていた。

けれど、今は父の言葉を聞いているのがつらい。大和の前で貶《おとし》められ、この場から消えてしまいたいくらいに恥ずかしくなる。

「いずれ政治家の妻となるなら、今から準備をしておくんだ。事務所はもう辞めて構わん。後援会の婦人部に入り、人脈を築いておけ。どうせたいした仕事をしていないんだ、おまえひとり辞めても事務所にはなんら影響はない」

(たしかに、そうかもしれない。でも……)

園田事務所での仕事には、自分なりに真剣に取り組んできた。けれど則之は、真綾の仕事すら否定する。

「できることの少ないおまえが、いい縁を結べるんだ。自分の立場を弁《わきま》えて、くれぐれも私や藤堂くんの顔に泥を塗らないようにな」

実の父親からなんの期待もされていないところを、彼に見られたくなかった。けれど、則之の意識が真綾に向いていれば、大和は何も言われずに済む。美佐子の実家の財力や人脈を当てにしているような発言も、政治家になれという身勝手な要望も、大和にとっては煩《わずら》わしいだろう。

真綾は感情を押し殺し、ソファの上で石のように動かず父の話に耳を傾ける。そのとき、不意に大和が自身の手を真綾の手の甲に重ねた。

となりを見ると、彼は安心させるように一度頷いた。

「園田先生、真綾さんが仕事を続けるかどうかは意思を尊重してあげてください」

（えっ……）

予想外の発言に目を見開くと、彼は則之に視線を向ける。

「いずれ家庭に入るとしても、社会経験を積んでおくに越したことはありません。それに、真綾さんは努力家です。彼女が纏めた資料を見る機会がありましたが、とてもよく対象物を調べていました。自分の部下に欲しいと思ったくらいです」

冗談めかして言う大和に、則之がやや驚いている。それまで否定的なことを言わなかった彼が、初めて真っ向から反論したのだから当然だ。

（まさか、結婚指輪を調べたときのことをそんなふうに言ってくれるなんて）

彼の優しいフォローに、胸が熱くなる。いつものように我慢すれば、この場は丸く収まるし、則之に軽んじられるのはもう慣れている。それなのに、大和は則之に意見した。きっと、真綾が傷ついていると察したのだ。

「藤堂くんがそう言うのなら、真綾はまだ事務所に置いておこう。ところで、挙式や披露宴はいつごろを考えているんだ？」

「ご存じのとおり、九月から予算編成が始まります。仕事が落ち着いたら、とは思っていましたが、なるべく早く式を行います。真綾さんには、式を挙げてから私のマンションへ引っ越してもらいたいと考えていますがよろしいですか？」

「もちろん構わんよ。ただ、式場は早めに押さえておく必要がある。招待客の選定もあることだし、直近だと十二月辺りがいい。上旬で臨時国会が終わるからな。親戚にホテルの支配人がいる。今から話をつけておけば、大宴会場が押さえられるだろう。招待客のこともあるし、会場のことはこちらに任せてもらっていいかね」

則之の興味は、すでに挙式披露宴に移ったようである。本人の意向を聞かずに自身の考えを押し通そうとする父に、真綾は心配になって大和に視線を投げる。しかし彼は、「それで結構です」と、異を唱えることはなかった。

「真綾さんと結婚さえできれば、私は特に要望はありません。両親も特別口を出すような人たちではありませんので。招待客のリストは、近日中に纏めておきます」

「ああ、頼むよ。その前に結納《ゆいのう》だろうが、体面もあることだし、私は略式ではなく正式結納を執り行うつもりでいる。藤堂くんもそれで構わないな？」

「ええ」

真綾の結婚を〝跡取りのお披露目〟としか認識していない則之は、娘が嫁ぐことすら自身の政治活動の一環に思っていた。招待客も、大和や真綾に特別縁のない自身の後援会関係者や党の幹部を呼ぶのだろう。

「では、私はこれで失礼いたします」

「もう帰るのか？　食事でもしていったらどうだ」

則之の誘いに、大和は「明日も仕事なのでいずれまた」と固辞した。真綾から手を離してスッと立ち上がり、則之と雅美に丁寧に頭を下げる。彼を見た真綾は、同じように腰を上げて並んでお辞儀をした。

「お父様、お母様。大和さんをお見送りしてまいります」

ふたりきりで話したかったため、大和と共に屋敷を出る。敷地内に停めていた彼の車の前まで来たところで、真綾は申し訳なさで眉尻を下げた。

「大和さん……すみませんでした。気を悪くされましたよね」

「あなたが謝るようなことは何もありませんよ。――少し、車の中で話しましょうか」

言いながら、大和が助手席を開けてくれる。真綾が乗り込むと、運転席に収まった彼がそっと頬を撫でてくれた。

「園田先生は、いつもあなたに対してあのような態度を？」

「……はい。でも、もう慣れています。それよりも、父が失礼なことを言って申し訳ないです。お母様のご実家のことは、わたしたちの結婚に関係がないのに。それに、結婚式のことも勝手に話を進めてしまって……父を止められず、大和さんに嫌な思いをさせてしまいました。自分で自分が情けないです」

それまで抑えていた気持ちが堰《せき》を切ったように溢れ出す。彼の前で叱責されるのは、まだ我慢できる。けれど、先ほどの則之の発言は大和に対してあまりにも無礼だ。そして、そんな父を止められなかった自分が嫌だった。

「真綾、私は気にしていませんよ」

宥《なだ》めるような口調で言うと、大和に顎を取られた。視線を合わせた彼は、穏やかに語る。

「私は政治家になるつもりはないので、お互いさまです。披露宴の件や母の実家のことを含め、園田議員の発言も想定内です。あなたが気に病むことはありません。それよりも、あなたに対する態度のほうがよほど腹が立ちますね。お母様も口を出せない様子でしたし」

「母は罪悪感があって、父に逆らうことはしません。男の子が欲しかった父や祖母の期待に応えられず、自分を責めていました。わたしも、父の言動にはもう慣れています」

「不当に貶められることに慣れなくていいんですよ」

大和はこれ以上ないほど甘やかす声で、真綾を慰めてくれる。今までそんなふうに言ってくれる人はいなかった。園田則之は立派だと、父親で羨ましいと他人は褒め称えた。母の雅美も同じ考えだったから、どれだけ父に厳しく接されても弱音は吐けなかった。

でも、大和はそんな真綾の状況に怒ってくれる。それだけで救われた気持ちだった。

「ありがとうございます、大和さん……」

「礼はいりません。私はあなたの夫となる男です。妻につらい思いをさせる人がいるのが許せないのは当たり前です。いいですか、真綾。私はあなたが女性でよかった。男なら結婚できないし、こういうこともできませんから」

薄く唇を開いた彼は、真綾に口づけをした。そろりと侵入してきた舌に、頬の裏側を舐められる。もう何度もキスを交わしたのに、いつまでも慣れない。心臓がかなりの速さでドキドキと高鳴り、大和のキスに没頭してしまう。

「んっ……」

舌を搦め捕られて擦り合わされると、鼻にかかった声が漏れる。触れている唇からは愛しさが募り、徐々に身体が火照ってしまう。

「やっぱり真綾は、今みたいな顔をしているほうがいいですよ」

「え……」

唇を離した彼が、見惚れるような笑顔で言う。

「私にキスや愛撫をされているときの真綾は、とても気持ちよさそうなんですよ。素直で非常に可愛らしい」

指摘された真綾が頬を染めると、大和は不敵に口角を上げる。それは、先ほどリビングでは見られなかった彼の表情。自分だけに見せてくれる、少し意地悪な顔だった。

こうして大和がそばにいてくれるだけで嬉しいのに、大和は真綾の存在を肯定してくれる。絶対的な安心感で、畏縮していた心が一気に浮上する。

「……大和さん、大好きです」

彼に褒められると、自分に価値があると思える。大和がくれるたくさんの嬉しい気持ちを、返していきたいと前向きになれた。

　真綾の告白を聞いた大和は、やや困ったように自身の髪を掻き上げる。

「そういうことを言われると、この場で押し倒したくなるんですけどね」

「す、すみません……」

「あなたが悪いのではなく、煽られる自分の責任なのでしかたありません。本当はこのままマンションに連れ帰りたいところですが、さすがにそうもいきませんし……あと少し辛抱して、堂々とあなたを娶《めと》ります」

「はい……待ってます」

　大和のおかげで、それまで感じていた情けなさや申し訳なさは薄れている。真綾は彼に感謝すると、自然と頬を緩めていた。

5章　深まる愛

大和が結婚の意思を園田家に伝えてからは、怒涛《どとう》の日々だった。時を置かずに正式結納を執り行うと、式の打ち合わせや衣装合わせなどがあったからだ。とはいえ、式に纏《まつ》わるほとんどは則之主導で決定され、真綾はただ従っていただけなのだが。

その中で真綾が緊張したのは、藤堂家への挨拶である。正式結納においては両家が顔を合わせることがないため、結納前に結婚の挨拶をした。

彼の父・義友も母の美佐子も穏やかな人たちで、ふたりの結婚を喜んでくれた。真綾を〝園田則之の娘〟ではなく〝息子が選んだ女性〟として扱ってくれた。

挙式や披露宴の会場を父の意向で勝手に決めてしまったことを真綾が詫びると、義友と美佐子は「気にしていないから」と笑顔を見せ、「それよりも、大和が結婚するつもりになったのが嬉しい」と語った。

優しく、人を否定しない大和の気質は、間違いなく両親から受け継がれたのだと真綾は思った。そして、藤堂家の一員になれることが嬉しかった。

どこか夢見心地のまま、彼との結婚に向けて着々と時は進み――晴れて十二月の吉日に挙式披露宴を行ったのだった。

(……今日まで忙しなかったけれど、しあわせだったな)

披露宴が開かれたラグジュアリーホテルのスイートで、これまでの出来事を思い出していた真綾は、にわかに高まる緊張に肩を震わせた。

(少し緊張するけど、大丈夫。大和さんにちゃんと言わなきゃ)

ちらりとベッドの片隅に置いてある袋に目を遣り、ごくりと喉を鳴らす。大好きな大和との初夜を迎えるにあたり用意した代物――いわゆる、大人の玩具である。

なぜこんな品を用意するに至ったのか、それには深い訳がある。

お見合いをした当日、彼は『特殊性癖がある』と告白した。だが、付き合い始めてから今日までの間、変態的な行為をされたことはなかった。

初めて抱かれたときも、真綾が初心者だから気遣ってくれた。唯一、キッチンで致したことはあったが、彼の言動に変態性を感じたことは今までにない。ベッドの上で多少意地悪だと思う程度である。

だから真綾は、彼が気を遣って我慢しているのではないかと心配になった。初デート、初体験にプロポーズと、大和は人生で一番と言っていいくらいのしあわせをくれた。それだけに留まらず、父の存在に畏縮していた心を癒してくれた。

そんな彼に、自分ができることは何か。悩み抜いたその結果、大和の妻となって迎える初夜のタイミングで特殊性癖を受け入れようと考えたのである。

〝結婚に障害がある性癖〟と最初から告白していたのに、これ以上我慢をして欲しくない。

ベッドの隅で身体を縮こまらせた真綾は、高鳴る鼓動を抑えて彼の訪れを待った。

＊

シャワーを浴び終えた大和はバスルームを出ると、ようやくこの日を迎えたことに安堵の息を漏らした。

（これで、対外的にも真綾は俺のものになった）

結婚を決めてからというもの、則之からは『自分の跡継ぎになれ』『子どもはなるべく早く作れ』などと重圧をかけられていたが、すべて笑顔で適当に受け流している。入籍して披露宴を行ってしまえばこちらのものだ。

体面を気にする則之のことだ。自身の関係者を呼んで披露宴を行った以上、たとえ大和が政治家になるつもりがないと知ったとしても、そう簡単に別れさせることはないだろう。

（それにしても、派手な披露宴だったたな）

思い出すだけでくたびれるほど、大勢の人々が招待されていた。中には財務省の職員もいたが、圧倒的に多かったのは則之関係の客だ。正直、〝園田則之の後継者〟という目で見られるのは煩わしかったが、自分のとなりで挙式や披露宴に感激している真綾の存在が、大和の疲労を癒していた。

（やっと真綾に触れられる）

晴れてふたりは夫婦となり、今夜は初夜だ。しばらく式の準備や仕事でゆっくり抱けなかったため、今晩はじっくりと可愛がりたいと思っている。それを自分へのご褒美として、今日まで乗りきったといっても過言ではない。

バスローブを着てベッドルームに入ると、緊張した様子の真綾がいた。

「真綾、お待たせしました」

「い、いえ……」

ベッドの片隅で身を固くする彼女のとなりに腰を下ろす。真綾は視線を俯かせたまま、何も語ろうとはしなかった。もう何度も抱いているのに初々しい反応が可愛らしい。

「緊張しているようですね。震えている」

「緊張もしていますが……大和さんの奥さんになれて嬉しいんです。ふつつか者ですが、よろしくお願いします」

「こちらこそ。あなたが私の妻になってくれて嬉しいです。……真綾」

大和は真綾の後頭部を引き寄せると、唇を重ねた。閉じていた唇の合わせ目から、ぬるりと舌を侵入させる。

「んっ……」

口腔をかき混ぜると、お互いの唾液が交わる。くちゅくちゅと卑猥な音を立てるほど粘膜を舐めてやると、真綾の身体から力が抜けていくのがわかった。

髪をそっと撫でながら、唇を重ねたままバスローブの合わせから手を差し込む。くりくりと乳首へ刺激を与えていくと、彼女の華奢《きゃしゃ》な肩が震えた。

(本当に、いい反応だな)

真綾はバスローブの下にキャミソールを着けているようだった。わざと布と擦り合わせるようにして乳首を捏ね回していくうちに、どんどん硬くなっていく。煽られるように大和も昂ぶり、下肢が熱くなっている。

「ンンッ……ん……ッ」

しばらく乳房をいじくっていると、彼女が膝をもじもじと擦り合わせた。きっともう濡れている。確信した大和は真綾のバスローブをはだけさせ、唇を離した。すると、明らかにいつもと違う下着を着けていることに気づく。

(今夜のために準備していたのか)

薄手のキャミソールは透けていて、勃ち上がった乳首がよくわかる。ともすれば下品になりそうなデザインだが、清楚な真綾が着ているからこそ色気を放っていた。

「煽情的な下着ですね。私のために着てくれたんですか？」

「は、はい……」

「清楚なあなたが、私のためにこういう下着を着けてくれたのかと思うと興奮しますね。脱がせなくても乳首が勃起しているのが見えて、かなりいやらしい眺めだ」

乳頭を爪で引っ掻くと、真綾が小さく声を上げる。バスローブの紐を解くと完全に前を開き、キャミソールの上から双丘を揉みしだいた。

「綺麗ですよ、真綾」

両手に余るほど豊かに実った乳房は弾力があり、むしゃぶりつきたい衝動に駆られる。だが大和は、自分の欲望よりも真綾を感じさせることに腐心する。彼女が愛撫に蕩けていくのを見ると、もっと喘がせたくなるのだ。

「脱がせてしまうのはもったいないですね。今夜はこのまましましょうか」

声をかけながら、乳房から腹部へと指を移動させた。誘うように太ももを撫でていくと、真綾が恥ずかしそうに身じろぎをする。それがまた、たまらなくそそられる。彼女が羞恥に悶えるほどに、大和の理性を奪っていく。

「足を開いてもらえますか？　下も可愛がってあげますから」

足を開きかけた真綾は、ハッとしたように動きを止めた。怪訝《けげん》に思っていると、ちらりとベッドの脇に置いてある袋に視線を向けている。

（なんの袋だ？）

怪訝に思っていると、真綾は意を決したように大和を見つめた。

「待ってください……わたしが用意していたのは、下着だけではないんです」

袋を手に取った真綾は、中身が見えるように差し出した。それを見た大和は、予想外のことに目を丸くする。

（これは……）

袋の中には、様々な大人の玩具が入っていた。確認しただけでも、バイブや低温ロウソク、それに乳首クリップや拘束具などがあり、思わず声を失ってしまう。

大和の様子に気づかずに、真綾はこれ以上ないほど赤面して叫んだ。

「大和さんのお好みがわからないのでいろいろ用意しました。どうぞお好きなものを使ってください……！」

真綾に告げられた瞬間、大和は自分の不手際を悟った。見合いを断る口実で『特殊性癖がある』と言って、自ら変態だと告げていた。だが、その後訂正をしなかったため、彼女はまだ信じていたのだ。

何か意図があって言わなかったわけではなく、単純にタイミングを逸《いっ》しただけなのだが。

「わたしが初心者だから、大和さんは性癖を封印してくれていたんですよね？　でも、もう大丈夫です。夫婦になったんですし……どんな大和さんでも受け入れたいんです」

決然とした真綾の様子に、罪悪感が脳裏を過ぎる。おそらく、大和の性癖は彼女を悩ませていたのだろう。だから初夜にこうして玩具を用意し、使用を勧めてきた。妻として、大和のすべてを愛そうとするために。

（……駄目だな、俺は。ずっと言わずにいて悪かったと思うのに、それ以上に嬉しい）

調べものが得意な彼女のことだから、変態性癖について詳細に調査したのだろう。玩具を購入するときも、そうとう恥ずかしかったに違いない。もちろん、今もかなりの羞恥心を覚えているだろうが。

真綾の健気さが愛しい。笑みを浮かべた大和は、真綾から袋を受け取った。

「ありがとうございます。私のために準備してくれていたんですね」

「……はい。大和さんは、いつもわたしを気持ちよくしてくれるので。わたしも、大和さんに気持ちよくなってもらいたいんです。……わたし、今まで大和さんの優しさに甘えていてすみませんでした」

「いや、むしろ謝るのは私のほうです」

玩具の入った袋を脇に置き、懺悔《ざんげ》するように真綾の両頬を包み込む。

「特殊性癖があると言ったのは、見合いを断るための嘘だったんです」

「え……っ」

「あなたを初めて抱いたときに言うべきでしたね。つい言いそびれていたのですが、ここまでかあなたが真剣に私の性癖について向き合ってくれるとは予想していませんでした。私のために、ありがとう……真綾」

大和の告白を聞いた真綾は、大きな目をぱちくりとさせていた。にわかには信じがたい、そんな表情だ。けれどもすぐに、発火しそうな勢いで頬が熱くなったのが手のひらから伝わってくる。

様子を窺っていると、やがて消え入りそうな声で尋ねられた。

「それなら、大和さんは……変態的な趣味はないんですね……」

「はい。結果的に、あなたを騙す形になって申し訳ありません。許してくれますか？」

「よ、よかった……」

夫となった男に特殊性癖がなかったことに安堵したのだろう。そう思った大和だが、真綾から続いたのは意外な台詞だった。

「わたし、大和さんにずっと我慢させていたんじゃないか、って不安だったんです。特殊性癖があるのに堪《こら》えてくれたんだと思うと、申し訳なくて」

ただでさえ則之の思惑があり、大和にはいらない気遣いをさせている。そこへきて、自分まで負担をかけるのは嫌だったと真綾は言う。

（騙されて怒るどころか、俺を我慢させていなくてよかったと喜ぶのか）

苦笑した大和は、改めて思い知る。自分が好きになったのは、彼女のこういうところだ。

(優しいというのなら、真綾のほうがよほどそうだろう)

幼いころから男に生まれなかったことを気に病み、実の両親からプレッシャーをかけられていたにもかかわらず、素直で人を思いやれる。真綾の在り様がいじらしい。

「えっと……それじゃあ、この品は見なかったことにしてください」

恥ずかしそうに袋を片付けようとした真綾を見て、大和は思わずその手を摑んだ。

「せっかくあなたが私のために用意してくれた品ですし、使ってみましょうか」

「えっ……」

「そうですね……これなら、あなたに似合いそうだと思います」

袋の中から取り出したのは、手錠だった。輪の部分にピンクのファーが施され、手首を痛めないように配慮されている。その他の品も確認したところ、極太バイブや強制的にM字開脚させる拘束具などが入っていたが、さすがに使用はしたくない。

手錠を彼女の前に翳《かざ》した大和は、窺うように問いかける。

「もちろんあなたが嫌ならしませんから安心してください」

「嫌……ではありません。大和さんにされることなら、わたしは大丈夫です」

真綾はおずおずと両手を差し出すと、小さく笑みを浮かべている。

彼女の努力を無駄にするのが忍びなく提案したが、どこまでも真綾は正直に気持ちを伝えてくる。煽情的なキャミソールを身に着けた状態の可愛い妻に言われれば、大和の取るべき行動は一択だった。

「では、先にバスローブを脱ぎましょうか」

「あ……っ」

バスローブを取り去ると、キャミソールの下で乳房が揺れた。勃起した乳首が透ける素材の布を押し上げる様子は、見れば見るほどいやらしい光景だ。

視線を下げると、ショーツも揃いのようだと気づく。真綾を押し倒した大和は、両足の膝がしらに手を置くと、左右に割り開いた。

「やっ……」

「素敵なデザインですね、真綾」

大和が微笑むと、狼狽した真綾が足を閉じようとする。しかしそれを阻むように自身の身体を差し入れた。

真綾が着けていたのは、オープンクロッチのショーツだった。ホワイトの布地で両サイドが紐で結ばれており、すぐに脱がせられる仕様である。フロント部分はレースで飾られているが、足を左右に開くと秘部が丸見えだ。

明らかにプレイ目的のデザインの下着を真綾が穿いているのも興奮するが、それは彼女も同じようだ。割れ目はてらてらと濡れそぼり、彼女がすでに高揚していることがわかる。

「見ないでください……」

「私のために着けてくれたのなら、堪能させてください」

大和は、手錠を使用するよりも、まずはいやらしい下着姿の真綾を悶えさせたくなった。わざわざこの日のために準備していた彼女の想いが嬉しくて、恥部へ顔を寄せる。愛蜜に濡れた肉びらを舌で舐めると、真綾が甘い声を漏らす。

「あ、んっ……や、ぁっ」

淫らな形に割れたクロッチから舌を忍ばせ、滴る蜜を舐め啜る。抱けば抱くほどに真綾の感度は上がり、わずかの愛撫でもかなり濡らしていた。もう処女ではないのにいつまでも清純で恥ずかしがり屋の彼女を、もっと乱れさせたい。

大和は欲求のままに、ひそかに息づく肉芽を口に含んだ。軽く吸ってやると、内股を震わせた真綾が艶声を上げる。

「んっ、ぁああっ」

甘く快感に溶けている声が耳に届き、たまらなく欲望が刺激される。しばらく多忙で触れられなかったことで、真綾に飢えているのだ。

淫蕾を口腔で遊ばせていると、蜜口からは愛液がどんどん零れてくる。ぱっくりと開いた肉筋からは女の匂いが濃く漂い、強烈に大和を煽る。

このますぐに挿入しても問題ないほど濡れていたし、自身の下腹はすでに滾《たぎ》っていたがもっと彼女を溶かしたい。

今日は初夜だ。そう焦らなくてもいい。いろいろ用意してこの日を迎えた真綾のために、これまで以上に感じさせたかった。

(自分がこんなふうに感じるなんてな)

性欲が薄いとばかり思っていたが、真綾が相手だと欲望が際限なく広がる。舐陰も特別好きな行為ではないのに、彼女の秘部はいつまでも舐めていたいとすら思う。

赤く膨れ上がった花蕾の芯を吸い出し、舌先を尖らせてちろちろと舐める。腰をくねらせて逃れようとする真綾の足を押さえ、吐淫を啜った。

「やぁっ……大和、さん……っ、ふぅっ、ぁああッ」

いやらしく悶える声に、ますます大和の昂ぶりが増す。舌を外すと、ひくひくと微動する蜜口に中指を挿し入れた。

「ん、あぁっ……！」

ぬぷり、と淫音を響かせて指が呑み込まれる。媚肉が指に絡みつく感触にぞくぞくしつつ身体を起こした大和は、キャミソールの上から乳首を咥えた。

「ンンンッ……両方、されると……すぐ、達っちゃ……ッ」

指で肉襞を擦り立てつつ乳首を甘噛みしてやると、真綾の中が狭くなる。感じている姿が可愛くて、親指で肉粒を撫でながら挿入している指の動きを速めていった。

「あんっ、あ、ぁっ……や、ぁっ」

指の動きに合わせ、真綾の声が高くなる。胎内は愛液で潤い、快楽を貪ろうと指に吸い付いてくる。挿入しているのが自身のものであれば、どれだけの快感を得るのか。考えるだけでいきり立つ。

「達っていいですよ、真綾」

一瞬乳首から唇を離して告げると、乳房の片方は手で揉み込み、もう一方は頂きを軽く食む。同時に指で内壁を押し擦ると、ぐっと中が狭まった。

「あ、ぁっ……達っちゃ……ンッ、ぁああ……ッ」

びくびくと総身を震わせて真綾が達した。ふだんは清純で性的な匂いをさせない彼女が、自分の舌と指で快楽の虜になっている。それが、いっそう大和を高揚させた。

ショーツの紐を解いて脱がせると、彼女の背を自分の胸に寄りかからせるように起き上がらせ、キャミソールを取り去った。快感の頂きからまだ戻ってこられないのか、真綾は大和になされるがままになっている。

「さあ、真綾。ここからが本番です。手錠、着けましょうか」

「は……い」

背後から囁くと、真綾の肩が揺れる。大和の声が本当に好きらしく、セックスのときは特に顕著な反応を示す。耳もとで何かを告げながら抽挿すると中がぎゅうぎゅうに締まるのだ。そういう素直な様子も、大和を虜にさせている。

「痛かったり嫌だと感じたらすぐに言ってくださいね」

大和は傍らにあった手錠を持ち上げ、可動部分を広げた。本格的な手錠ではなく、あくまでもプレイ目的の品だからか、着脱がたやすい作りになっている。

両手首に手錠を嵌めると、真綾が首だけを振り向かせた。黒い瞳には薄く涙の膜が張り、頬が紅潮しているのが艶っぽい。

「痛くありませんか？」

「大丈夫、です。ふわふわして、くすぐったいです……」

ファーが施されているから、肌が刺激されるようである。大和は、「すぐに気にならなくなりますよ」と声をかけ、自分が着ていたバスローブを肩から外した。ボクサーパンツの前は隆々に反り返り、痛いくらい勃ち上がっている。

自覚できるほど硬く昂らせた自身を、布越しに彼女の臀部に擦りつけた。大和の興奮を察知した真綾は、小さく肩を竦ませている。

早く挿れたい。ぐちゃぐちゃにかき混ぜて、妻となった彼女を味わい尽くしたい。制御できないほど膨れ上がった欲を堪え、大和は真綾に問いかけた。

「真綾……今日は避妊しなくてもいいですか？　そのままのあなたを感じたい」

もちろん、避妊具は用意している。真綾から駄目だと言われればそれでもいい。ただ、式を終えて正式に結婚が周知されたことで、大和も通常より気持ちが高まっているからか、欲求に忠実になっていた。

「いいです……避妊、しなくて。わたしも、大和さんと同じ気持ち、です……」

彼女は、か細い声で意思を伝えてきた。そんな真綾を愛しいと思う。

大和は真綾の顔を自分に向けさせ唇を奪うと、彼女の両脇に手を差し入れた。豊かな乳房を鷲摑みにし、感触を愉しみつつ口腔内で舌を遊ばせる。

「ンンッ、んぅっ……」

息苦しそうな声を漏らした真綾だが、抵抗することはなかった。背中から抱きしめて双丘を揉みしだき、ツンと尖った乳首を戯れに抓る。刺激に耐えるように腰を左右に振る彼女の姿が、大和自身を滾らせる。

「真綾、四つん這いになれますか？」

キスを解いた大和が耳もとで告げると、真綾が恥ずかしそうに肩を震わせた。頷いたのを確認してその背に伸し掛かると、体勢を崩した彼女が前のめりになる。

腹部に腕を入れて尻を上げさせ、張り詰めていた自身を解放する。恐ろしく硬度のある陽根の先端からは、透明な汁が滲んでいた。逸る気持ちを表すかのように血管が浮き出て膨張した肉棹を真綾の尻の割れ目に押し当てる。

「わかりますか？　あなたのいやらしい格好を見てこんなに興奮しているんです」

「あ……」

大和の猛りを感じたのか、真綾が小さく身震いする。染みひとつない真っ白な背中を撫でてやると、尻たぶを左右に押し開いた。

熟れきった恥肉がたっぷりと愛汁を纏い、ぬらぬらと光っている。蜜孔はぱくぱくと呼吸をするようにひくつき、今か今かと雄棒の挿入を待ちわびていた。

「真綾、挿れますよ」

宣言した大和は、物欲しげに蠢く膣口へ肉傘を挿入した。淫靡な水音を立てて雄棹を呑み込んだ瞬間、真綾は大きく背をしならせて嬌声を上げる。

「ひっ、ん、ぁあああ……ッ！」

まだ先端を挿れただけなのに、あまりにも強い喜悦を得た大和は息を呑んだ。剝き身の粘膜の絡み合いは、想像以上の快感を生む。避妊具を着けていないことで、肉棒に纏わりつく蜜襞の圧搾《あっさく》がダイレクトに伝わってくる。

（これは……まずいな）

ただでさえ自嘲するくらい高揚しているのに、真綾の中が好《よ》すぎてめちゃめちゃに突き上げてしまいそうだ。

「手首は、痛くありませんか」

衝動を抑え込み、じりじりと腰を押し進めると、ようやく根本まで挿れたところで真綾に声をかける。彼女は上半身をシーツに沈ませながらも、わずかに首を縦に動かす。

「大和、さ……わたし……しあわせ、です」

掠れた真綾の声が耳朶を打つ。大和はそこで理性が切れた音を聞いた気がした。両手で細腰を摑むと、肉棒が抜けそうなところまで腰を引き、今度はそれを最奥に叩きつける。

「あっ⁉ やっ、ぁあああ！」

「本当に、あなたは愛らしい。気を抜くと骨抜きにされそうですよ」

見合いをしたときは、ここまで愛しく思えるようになるとは想像すらしなかった。真綾といると、今まで気づかなかった自分を発見する。それが楽しい。

(この年になって気づきがあるとは、人生はわからないものだ)

しかし、そんな思考はすぐに意識の片隅に追いやられた。予想以上に胎内の締め付けが強かったのだ。やわらかな粘膜が、雄肉をきゅうきゅうと絞ってくる。腰が砕けそうな快楽だ。真綾は無意識なのか、女性らしいくびれのある腰を揺らめかせ、奥へと誘ってくる。

「大和さん……大和、さ……ん、ぁああっ」

媚肉を肉傘で抉ってやると、悶えた真綾が嬌声を漏らす。手錠で拘束された手でシーツを握り締めている姿はどこか倒錯的で、大和の欲を激しく揺さぶる。

女性を拘束してセックスするなんて初めての体験だ。そんな性癖はなかったはずが、手首に嵌まっている手錠を見ると、真綾のすべてを支配している気になる。腰をたたきつけるたびに輪を繋いでいる金属がカチャカチャと音を立て、倒錯的な気持ちにさせられた。

新たな嗜好の目覚めに、わずかに口角が上がる。真綾といると、今まで知らなかった新しい自分に出会う。彼女を妻にできてよかったと、心から思う。

「真綾……奥と手前、どちらが気持ちいいですか？」

「んっ……ど、っち、も……」

「欲張りな奥さんですね。――では、お望みどおりに」

大和は笑みを含んだ声で告げ、最奥まで自身を埋め込んだ。子宮の入り口に先端をねじ込むようにぐいぐいと腰を押し付けると、真綾が尻を左右に振る。そのしぐさに煽られ、綺麗な背中に覆いかぶさると、双丘を揉み込んだ。

「あぅっ……ンンンッ」

指で乳首を抓ると、狭い肉筒がさらに窄まる。薄いゴムひとつを隔てていないだけで、まったく感じ方が違う。より直接的に真綾の胎内を味わえる。肉襞の動きのひとつひとつが喜悦を運び、粘膜が密着していることを伝えてきた。

乳房から手を離した大和は、真綾の手に自分の手を重ねた。最初はファーをくすぐったいと言っていたのに、やはり今はその余裕がないようだ。浅く呼吸を繰り返し、美しい黒髪を左右に散らして喘ぐ様は、誰よりも淫らで愛おしい。

「――愛してる、真綾」

「あ……っ」

耳もとで告げた瞬間、彼女がぶるりと肩を震わせた。蜜孔が雄槍を食い絞り、真綾が快楽に浸っていることをダイレクトに感じる。

「うれ、しい……わたしも……愛して、ます」

途切れ途切れに真綾が言う。呼気は乱れ、快楽に侵されて呂律が回っていないが、心底嬉しそうだった。

密着した身体はどこもかしこも熱く、汗に塗れている。自分と真綾の境目がわからなくなるほどに雄茎で摩擦し、愉悦の大波に呑み込まれていく。

互いに限界が近いことを悟った大和は、今度は肉棒のくびれで真綾を攻め立てた。膀側の肉壁をごりごりと掘削するように腰を動かすと、彼女がびくびくと肢体をしならせる。

「や、まと……さんっ……気持ち、いい……っ」

「私もです。真綾……あなたをもっと感じさせたい」

打擲音と粘り気のある水音を響かせながら、真綾の内部を穿つ。ひと突きごとに自身が追い込まれていくのがわかる。蜜窟に溜まった愛液が押し出され、シーツに淫らな染みを作っていく。

(くそ、好すぎてもたない)

真綾も余裕を失っていたが、大和もまた行為に没頭していた。絶え間なく膣道から圧を感じ、今にも弾けそうなほど肉棒が膨張しきっている。もっとじっくり彼女の胎内を攻め

て味わい尽くしたいのに、それでも腰が止められない。

「真綾……っ」

彼女の名を呼び、浅瀬を行き来させていた自身を最奥に突き立てる。理性も思考もかなぐり捨てて、ただひたすらに快感を追いかけていく。

雄肉に吸い付いていた蜜襞が痙攣している。真綾の限界を悟った大和は、彼女が好きだと言った声で淫らに命じる。

「よく頑張りましたね。達きなさい、真綾」

「あ……っ、ンッ……っ、ぁああ……――」

背中を弓なりに反らした真綾が、絶頂へ駆け上る。媚肉が激しく収縮し、精液を呑み込もうとするかのように大和自身を食い絞る。

それまで散々摩擦したことで膨れ上がった熱杭は、真綾が達したことでさらに追い詰められた。蜜を蓄えた肉筒でぎゅっと締め上げられ、いよいよ極まる。快楽の頂きへ向かっていくことに抗えず、大和は胴震いをする。

「っ、く……真綾……ッ」

ぐっ、と血液が逆流するような感覚に囚われながら、大和は強烈な絶頂感に身を委ねた。蠕動する胎内でどくどくと白濁液を吐き出し、すべてを注ぎ込むべく腰を数回打ち付ける。

彼女の中で達するのは恐ろしいほどの快感で、吐精がなかなか収まらない。

「は……ぁっ」

精を放ってようやく落ち着きを取り戻し、彼女の中から引き抜く。すると、愛汁と精液がどろりと蜜孔から零れ落ち、真綾の恥部をいやらしく濡らす。

淫靡な光景にふたたび欲情しそうになった大和は、うつ伏せで倒れ込んでいる真綾を抱き起こした。自分に凭《もた》れさせると鍵を取り、手錠を外す。

「夢中になり過ぎました。痛くありませんでしたか？」

「……はい、大丈夫、です」

手首を確認すると、傷はひとつも付いていない。安堵して真綾をそっと横たえ、乱れている彼女の髪を撫でる。そうとう体力を消耗《しょうもう》したらしく、真綾は気絶するようにして眠りに落ちてしまった。

挙式披露宴後で疲れていたところに、手加減するどころか抱き潰した。初夜とはいえ、さすがに浮かれ過ぎだろう。

（それにしても……本当に、予想外のことをしてくれる）

真綾が用意したアダルトグッズを横目に苦笑する。こうして真っ直ぐな愛情をくれるから癒される。

「これから、よろしくお願いしますね……真綾」

眠りに落ちた真綾に声をかけた大和は、唇に触れるだけのキスを落とした。

＊

翌日。目を覚ました真綾は、思わず悲鳴を上げそうになった。瞼を上げた瞬間に、大和のアップが飛び込んできたためである。

「おっ、おはようございます……」

「おはよう、真綾。身体はつらくありませんか？」

目が眩《くら》むような笑顔で問われ、一気に頬に熱が集まった。反射的に「大丈夫です」と答えたものの、徐々に覚醒した身体はひどく気だるく、声も嗄れている。それに、どこもかしこも力が入らない。その理由に思い至り、彼の顔が見られなくなる。

「あの……昨日は、その」

なんと話していいかわからず、言い淀んだ真綾は視線を彷徨わせた。

特殊性癖を持っていると信じて疑わなかったのに、大和はノーマルだった。それ自体はまったく問題ない。今まで彼に我慢させていなかったと知って安堵した。

けれど、初夜のためにとアダルトグッズを準備したのが、ものすごく恥ずかしい。彼が満足できるような品を想像して購入したはずが、いざ手錠で拘束されると、自分のほうがかなり乱れてしまったからだ。

（これじゃあ、よっぽどわたしのほうが特殊性癖があるみたい）

肩を縮こまらせていると、不意に腰を引き寄せられた。互いにまだ何も身に着けていない状態で抱きしめられたことで、体温が上昇する。

「大和、さん？」

「昨夜はとても可愛かったですよ。正直に言えば、一度じゃ足りないくらいもっとあなたを抱きたいと思いました。ですが、さすがにしなくてよかった。あれ以上喘がせたら、今日は声が出なかったでしょうし」

「そ、うですね……」

彼の声が耳の奥で響く。心地よい低音の声を聞いていると、それだけで鼓動が高まる。しかも裸で抱き合っているからなおさらだ。

大和の体温も声も、何もかもが真綾をしあわせにする。しかしそこで、ふと気づく。

昨晩は事後に意識を飛ばしてしまったにもかかわらず、肌には汗や体液に塗れた形跡がない。つまりは、彼が真綾の世話をしてくれたことになる。

「……すみませんでした。昨日、眠ってしまって。大和さんがいろいろお世話してくれたんですよね。むしろわたしが、お世話するべきなのに」

「べつに構いませんよ。あなたを疲労させたのは私ですから。それに、真綾が眠っているときにいろいろ堪能したので、お礼を言いたいくらいです」

「いろいろ？」

「ええ。可愛らしい寝顔を見られましたし、濡れタオルで肌を拭いていたときに、意識がないのに感じていた姿も見ることができてとても満足しています」

思いがけない台詞にぎょっとする。朝まで一度も目を覚まさないほど熟睡していたのに、事後の始末をされているときに快感を得ていたなんて恥ずかし過ぎる。

「重ね重ねすみません……はしたないですね、わたし……」

「私は好きですよ。もっといやらしくなってくれてもいいくらいだ」

真綾の背筋に指を這わせた大和は、臀部の丸みをいやらしいしぐさで撫で回した。びくっと腰を揺らすと、下腹部に硬いものが押し付けられる。

「あなたと抱き合っていると、すぐにこうなる。嫌ですか？」

「まさか！　嬉しいです」

つい力を入れて答えた真綾に、大和が可笑しげに笑う。

「私も嬉しいです。自分の手であなたを感じさせているのが楽しくてたまらないし、できることならずっとこうしてベッドの中で愛でていたい。……とはいえ、そういうわけにいかないので、あとで一緒にシャワーを浴びましょう。その前に少しお話しても？」

一緒にシャワーを浴びる云々は少々気になるが、大和の話のほうが重要である。腕に抱かれながら頷くと、彼はやや声を改めた。

「年末に、園田議員の事務所の主催でパーティーがありますよね？」

「は、い……毎年、後援会の方々と……忘年会のような催しがありま、す……んっ」

会話をしながらも、大和は真綾の背骨に沿うように指を滑らせ、尻肉をやわやわと揉んでいる。これでは集中できないと視線にこめて彼を見るも、微笑まれて何も言えなかった。何せ大和にどんなことをされても結局嬉しいのだから、拒めるはずがない。

「真綾、聞いていますか？」

「聞いて、ま……あんっ」

尻の割れ目から恥部を辿った指先が、肉筋を軽く撫でる。まだ昨晩の余韻で柔らかに開いている身体は、わずかの刺激も敏感に拾ってしまう。

「や……大和さんに、触られると……感じてしまうんです……」

びくびくと身体を揺らした真綾が思わず漏らすと、大和の喉が鳴った。

「……困りましたね。悪戯するつもりが、自分のほうが煽られてしまう」

下腹部に押し当てられていた彼自身の質量が増した。熱塊で肌を擦られると、幾度となく胎内を貫かれた感触がありありと蘇ってくる。

このまますするのかと思った真綾だが、大和は自身を落ち着かせるように息をついた。

「本当は抱きたいところですが、あと少しで朝食の時間なので我慢します。それで、話の続きですが……」

大和は則之から、忘年会にふたりで出席するよう言われていると語った。そして、おそらくその場で跡継ぎ云々の話をするのだろうとも。

「参加者の前で跡継ぎだと紹介されると後々面倒ですし、私が跡を継ぐつもりがないことはパーティーが始まる前にお伝えしようと思います。それで構いませんか？」

「……はい」

先ほどまでの甘い空気から、一気に現実に引き戻される。大和が父の跡を継がなくても、真綾は彼についていく。その決意で結婚した。だが、則之はそう思ってはいない。あくまでもふたりの結婚は父にとっては政略で、本人の気持ちなど関係ないのだ。

「こんなときに話す内容ではないでしょうが、伝えておきたかったんです。私はあなたを離しませんよ、真綾。たとえ園田則之という政治家を敵に回そうとね」

大和の言葉が胸に染み入る。彼の妻になって初夜を迎えた朝に宣言された誓いは、一生忘れることはない。

「嬉しいです……わたしも、離れません」

自ら大和にぎゅっと抱きつくと、彼も抱きしめ返してくれる。真綾にとって大和のぬくもりは、なくてはならないものになっている。そう自覚させられた朝だった。

挙式披露宴を行って三日後の夕方。真綾は父の第一秘書である東野に呼ばれ、議員会館を訪れた。年末に開かれる後援会のパーティーの打ち合わせを行うためだ。といっても、当日の段取りなどを確認しただけで、電話でも済む話だった。だが、直接会って話したいという東野の申し出を受け入れたのである。

「それでは、わたしはこれで失礼いたします」

打ち合わせが終わり丁寧に腰を折って挨拶を告げると、東野は「お送りします」と一緒に部屋を出てきた。特に断る理由がないため一緒に議員会館を出たところで、思い出したように彼が言う。

「パーティーには、藤堂さんとご一緒に出席されるのですか？」

「ええ、そのつもりです」

「先生も楽しみにしていらっしゃいましたよ。後援会の方々の前で、ようやく跡継ぎを発表できると」

「……そうですか」

話を聞いた真綾は、曖昧に頷くに留めた。ここで下手に何か言えば、すぐに則之に伝わるだろう。跡継ぎの件は、大和とふたりで直接話さなければ、よけいに拗《こじ》れかねない。

「では、わたしはここで失礼いたします」

その場を離れようとした真綾だが、なぜだか東野は引き止めるように声をかけてくる。

「そんなに急いで帰らなくてもいいじゃありませんか。この時間では直帰でしょう？　せっかくですし、ご主人のお話でも聞かせていただけませんか？　披露宴でご挨拶させていただいただけなので、藤堂さんがどんな方か存じ上げないのですよ。今後、長いお付き合いになりそうですしね」

東野の発言は、そのまま受け取ることはできない。彼は、則之の第一秘書だ。父の右腕と言ってもいい男を簡単に信用するほど、真綾も物を知らないわけではない。

（お父様から、わたしたちの生活をそれとなく探るように言われているのかも）

今まで東野とはほとんど雑談をしなかっただけに、怪訝に思ってしまう。もっとも、則之の忠実な部下だから、ただ単に様子を窺って報告しようとしているのかもしれないが。

「……大和さんは、わたしにはもったいないくらい素敵な方です。優しくて、頼りがいがあって、わたしを気遣ってくださいます」

真綾は東野に語りながら、大和の顔を思い浮かべる。

彼と暮らし始めてまだ日は浅いけれど、大和は『お互いに無理をしないようにしましょう』と、家事なども負担にならないよう分担することを提案してくれた。ふたりが住みやすい空間にしたいというのが彼の考えで、真綾も賛同している。

実家では、料理はすべて母が行っていた。通いの家政婦もいたものの、母はキッチンには入らせなかった。自分の存在意義を料理に見出し、居場所を守っていたのだ。それは、男子を産むことが叶わなかった雅美が、園田家で生きていくための手段だったのだろう。

しかし大和は、園田家で過ごしてきた家庭とはまったく違う家族の在り方を提示してくれる。真綾が必死に居場所を作らずとも、自分のとなりを指し示して座らせてくれる。ここにいていいんだよ、と、言葉や行動で伝えてくれていた。

「藤堂さんを見合い相手に選んだ先生の選択は、正しかったというわけですね。ですが、私としては残念でなりません。じつは、藤堂さんと破談になった場合、先生は私とお嬢さんを結婚させるおつもりだったんです」

「えっ……」

初めて聞いた則之の計画に、真綾は声を失った。

もしも大和との見合いが破談になっていれば、父は東野と娶《めあわ》せる腹づもりだった。真綾の意思に関係なく自身の地盤を継ぐ男を望んでいた人だから、娘に言う必要はないと判断したに違いない。

大和と結婚させることが第一希望だったろうが、東野は長年則之に仕えてきた忠臣だ。実家もそれなりに資産があるらしいと、以前父が話していたのを耳にしている。結婚相手として悪くないと考えてもおかしくない。

（ほんの少しタイミングが違ったら、わたしは大和さんと結婚できなかったんだな）

そう考えると、とても運がよかったのだと真綾は思う。もし仮に、彼が『三カ月』という期限を設けて見合いを継続させなければ、結婚はできなかった。

「……父が失礼を申してすみません。東野さんの意思を無視して、勝手に結婚を決めるようなことを言っていたなんて初めて聞きました」

言い方を変えれば、則之は大和と破談になった場合のスペアとして東野に話をしていたことになる。人の気持ちよりも、まず自分の目的を達成しようとするのは傲慢な父らしいが、東野にしてみれば面白くないはずだ。

ところが東野は、「失礼ではありませんよ」と口角を上げると、真綾の左手を強く握った。予想外の行動に驚いて固まってしまい、とっさに対応できない。

「私は、あなたと結婚して先生の地盤を引き継ぎたいとずっと思っていました。藤堂さんは見合い話があっても断り続けていると聞いていたので、今回も破談になると安心していたのですが……まさか、とんとん拍子に話が進むとは」

悔しそうに語る東野を前に、なんとも言えない複雑な思いが渦巻く。彼もまた、則之と同じように真綾を道具としか考えていない。自分の目的のために結婚するのが当たり前で、真綾の気持ちなどどうでもいいという言動だ。

ほんの数カ月前までは、父の言うとおりに結婚しなければいけないと考えていた。肩身の狭い思いをさせた母の心を、これでようやく軽くできる、と。

けれども大和と出会い、自分を認めてくれる人がどれだけ尊い存在かを知った。もう、彼を知らなかった過去には戻れない。

父母には別の形で育ててもらった恩を返そうと思っている。だから、好きな人と一緒にいることを許して欲しい。今度のパーティで、そう伝えようと決めていた。

「東野さん、離してください」

毅然と告げた真綾は、目の前の男を見上げた。

「わたしは、大和さんと結婚しました。父とあなたとの間でどういう話し合いがあろうと関係ありません」

「そうですか、それは失礼しました。……お嬢さん、変わりましたね。前は先生に従順なお人形さんのようだったのに。ずいぶんと可愛げのないことをおっしゃるようになった」

どこか蔑《さげす》むような眼差しに、身体が竦む。おそらくこの男も、真綾は園田家の役に立たない人間だと父から聞かされている。それでも今まで態度に表さなかったのは、真綾と結婚して則之の後釜になるつもりだったからだ。

「では、可愛げのある方とご縁を結んでください」

あえて意識して可愛げなく告げると、東野はさらに手を強く握ってくる。思わず顔をしかめて離れようとするも、よけいに距離を詰めてきた。

振り払おうとするのに、東野は離そうとしない。本能的に危機を覚えた真綾が、なんとか逃れようと腕に力を入れたときである。

「失礼、私の妻が何か？」

冷え冷えとした声とともに、東野から引き剝がされた。顔を見ずとも、声だけで大和だとわかった真綾は、ホッとして首だけを振り向かせる。すると彼は、見たこともないような酷薄な表情で東野を見据えていた。

大和は真綾の肩を抱き、温度を感じさせない声でふたたび問う。

「園田先生の第一秘書の東野さん、でしたよね。嫌がる妻の手を握っていたように見えたのですが、私の見間違いでしょうか？」

口調こそ丁寧だが、表情や声音は背筋が凍りつくほどゾッとするものだった。

彼は真綾に不作法を働いた男に対し、怒気を隠そうとしていない。対峙した東野は、気圧されたように顔を引き攣らせている。

「いや……誤解させてしまいましたね。お嬢さんとは付き合いが長いので、気安く接してしまいました。私と結婚していたかもしれない方なのでね」

則之の秘書を務めているだけあって、東野はすぐに自身を立て直した。芝居がかった物言いに、『私と結婚していたかも』という楔《くさび》を打ち込むのを忘れないのがいやらしい。

ぴくりと大和の眉が動いたのを見て満足したのか、東野は「それではまた」と笑顔で立ち去った。真綾は彼を見上げると、困惑しつつ礼を言う。

「ありがとうございました、大和さん。困っていたので、助けてもらって助かりました。

でも、どうしてここに？」

「ある議員にレクチャーをした帰りです。直帰だったのであなたに連絡しようと思っていたんですが、運がよかった。まさか、永田町《ながたちょう》で会うとは思いませんでした」

「わたしは、東野さんにパーティーの打ち合わせで呼び出されたんです。話が終わって見送っていただいたんですが、まさかあんなことをされるなんて……すみません」

「あなたが謝ることじゃありません。とりあえず帰りながら話しましょう」

大和は真綾の左手を取ると、駅に向かって歩き始めた。

指と指をしっかり絡められ、安心感に包まれる。彼のぬくもりを感じ、ようやく身体の強張りが解けた。

「あの男の言っていたことは本当ですか？」

冷静に問いかけられた真綾は、「わたしも初耳でした」と、東野から聞いた話を彼に聞かせた。則之が、『大和との見合いが破談になったら東野と真綾を結婚させる』つもりだったことを伝えると、彼は眉間に皺を寄せた。

「まったく……真綾をなんだと思っているんでしょうね、あの人は」

「昔からわたしは、園田家の役に立たない子だと言われて育ちました。女のわたしは、父にとって必要のない人間なんです。わたしも、ずっとそう思ってきました。母にも肩身の狭い思いをさせて、申し訳ないって。だから」

「真綾」

話を遮るように名前を呼んだ大和は、真綾を抱きしめた。労わるように背中をポンポンと撫でられて、胸がぎゅっと締め付けられる。彼は、真綾の痛みを察して慰めてくれている。そういう人だから好きになった。

「……わたしは平気です。それよりも、人に見られてしまいます」

大和の職場にも近い場所だし、往来で抱き合っていては誰に見られるかわからない。妙な噂を立てられれば、困るのは大和である。そう伝えたところ、「大丈夫ですよ」と答えた彼は、真綾の耳朶に唇を近づけた。

「私たちは夫婦ですしなんら問題はありませんよ。私の心配はいいから、こういうときは甘えなさい。あなたは、自分の気持ちを後まわしにする癖がある」

先ほど東野と会話していたときとはまるで違う、優しい声だった。艶のある低音が耳奥から染み渡る感触が心地よく、知らずと身震いする。彼は、真綾が囁かれるのが好きだとわかっているから、あえてこうしているのだ。

「ありがとうございます……大和さん、大好きです」

バックグラウンドに関係なく真綾自身を見てくれる大和の存在は心強く、どれだけ救われているかしれない。

彼を見上げた真綾は、心配ないという意味をこめて微笑む。すると、大和は少し困ったように片目を眇めた。

「可愛いことを言われると、抱きたくなりますね」

「えっ……」

「早くマンションに戻りましょう。あの男が触ったところを消毒したいのに、ここではキスもできない」

「消毒って、手を握られただけですし、大和さんが心配することは何もありませんが……」

ふたたび真綾の手を引いて歩き出す彼に、慌てて声をかける。けれども大和は、「ただの握手じゃなかったですから」と、秀麗な顔をかすかに歪ませた。

「あの男は、あなたに邪《よこしま》な気持ちを抱いて触れていました。まったく油断も隙もない。家に戻ったら一緒に風呂に入りましょうか。綺麗に洗ってあげますよ」

「お風呂は、ちょっと恥ずかしいので……」

「恥ずかしがるあなたを見たい、と私が言っても駄目ですか？　どうしても嫌だというなら、無理強いはしたくないので諦めますが」

ずるい、と真綾は思った。それと同時に、やっぱり優しい、とも。きっと彼は、真綾が気に病むことがないように振る舞ってくれている。

則之と東野の間で交わされていた結婚の話も、大和と出会う前なら受け入れていただろう。それが、園田家に生まれた自分が唯一できる孝行だと考えて。

（でも、もうそんなふうには考えられない）

大切に扱われ、愛される喜びを教えてもらった今、自分の意志をしっかり持って生きていきたいと思う。

「……大和さんにされることは全部嫌じゃないから困ります。どんなに恥ずかしいことでも、嬉しいんです」

「夫の理性を試すなんて、私の妻はなかなか厳しい人だ」

足を止めた大和は、ふ、と吐息を漏らすように笑うと真綾の左手を持ち上げた。まるで誓いを立てるかのように、手の甲に唇を押し当てる。

「好きですよ、真綾。私からあなたを奪おうとする人間は何者でも許しません」

台詞以上に甘い眼差しを向けられて赤面する。〝大和に愛されている〟という感覚は、身体を蕩けさせる。彼は真綾が理性を試していると言うが、むしろ逆だ。もしも乞われれば真綾は喜んで抱かれるし、そうされたいという気持ちが強い。

「さて、帰りましょうか。部屋に戻ったらバスルームに直行しましょう」

その後。帰宅してそうそうに、大和は宣言どおりバスルームに向かった。消毒と称し散々啼《な》かされた真綾は、彼の愛をその身で感じることになった。

則之の事務所が主催するパーティー当日。休日だったことから大和と一緒に会場に行けるとあって、真綾は心強く感じていた。

こういったパーティーに出席する場合、則之の命で和装が多かった真綾だが、今日は洋装である。少しでも彼と釣り合うように、シックなドレスで臨んでいる。

一方の大和はスーツだが、彼はスタイルも容姿もパーフェクトなので、ふつうに立っているだけで絵になる。妻のひいき目でないのは、会場に入って証明された。父の後援会の人々の目を一瞬で奪ったのである。

（主役のお父様よりもずっと目立ってる。すごいな……）

則之が大和を後継者に望むのは、彼のバックグラウンドもさることながら、政治家に必要不可欠な存在感も理由にあるのかもしれない。

「真綾？」

ぼうっと見惚れていると、不思議そうに顔をのぞき込まれる。真綾はハッと我に返ると、照れ笑いをした。

「大和さんが素敵でつい見入ってしまいました。出席している皆さんも、こっちをチラチラ見ていますよ。父よりも目立っているかも」

「まさか。私が見られているのではなくて、皆あなたを見ているんですよ」

園田則之のひとり娘として、後援会には顔を出している。そういう意味で真綾もこの場では目を引く存在だが、大和は「私がとなりにいなければ、ひっきりなしに男性が声をかけてきたでしょうね」と、まるで真綾がモテるようなことを言う。

「今日は私のそばから離れないこと、いいですね？」

「……はい」

どうやら大和は、東野の一件で警戒しているようである。過保護だと思うけれど、彼に守られている実感は真綾を安心させてくれる。

気遣いをくすぐったく感じながら会場を回っていると、会場の中央で支持者に囲まれている則之が目に留まった。

父の姿を見た瞬間、心臓の音が大きく鳴る。このあと大和とふたりで挨拶をしたのちに、タイミングを見計らって跡取りの件を伝える予定だった。本当は事前に時間が取れればよかったが、則之の身体が空かなかったため今日まで話ができなかったのである。

(浮かれている場合じゃない。気を引き締めないと)

心の中で気合いを入れたとき、大和にそっと腰を抱かれた。

「緊張しなくていいですよ。すべての責は私が負います」

「そっ、そんなことさせません。だって、わたしは大和さんの妻です。それに跡継ぎの話は、父が大和さんの意思を確認せずに勝手に思い描いていることです。あなたが責任を負うことなんて何もありません」

　園田家の跡取りになる男と婚姻を結べという父の命を守らなかったのは真綾だ。自分の気持ちを優先させて、大和と結ばれた。けれど決断に後悔はない。彼を愛しているし、愛されているからだ。

「今まで園田議員に意志を伝えていませんでしたが、私は今日伝えることになってよかったと思います」

「どうしてですか……？」

「後援会の方々がいる場では、騒ぎが起きにくいでしょう。お父上も失態を演じるわけにはいきませんからね。……とはいえ、気分を害することは間違いない。私と実家の間に挟まれたあなたが、つらい思いをしないよう話ができればいいですが」

　彼は、自分が則之に睨まれることなど気にしていなかった。どこまでも真綾を優先して考えている。大きく包み込むような彼の愛情に、胸の奥が温かくなる。

「大和さんは、優し過ぎます。でもわたしは……父に絶縁される覚悟はできています。跡取りの件を諦めてくれないのなら、家を捨てても構いません」

　これまでの則之の言動から考えると、真綾の裏切りを許すはずがない。父の性格を把握しているからこそ断言できる。そう伝えたところ、彼はゆるりと首を振る。

「そこまで覚悟してくれたのは嬉しいです。ですが、穏便に済ませられるよう努力します。

絶縁されて傷つくのは真綾でしょう？　私はあなたを傷つけたくないんです」

真綾が父との決別を覚悟したように、大和もまた別の覚悟を抱いていた。それも、真綾を傷つけないために。

彼の想いを受け取って微笑んだとき、人垣から則之の声が聞こえてきた。

「藤堂くん、真綾、来なさい」

支持者の前だからか、則之はいつにも増してにこやかだった。けれど、父の笑顔を人前以外で見た記憶がない真綾は、どうしても違和感を覚えてしまう。

大和にエスコートされて父に近づくと、自然と則之を囲んでいた人垣が割れた。ゆっくりと歩み寄るふたりに、則之も自ら足を進めて相好《そうごう》を崩す。

「今ちょうど、ふたりの結婚についてお祝いの言葉をいただいていたところだ。皆さん、彼が娘の伴侶の藤堂大和くんです。財務省のエリートで、娘にはもったいないくらい優秀な男なのですよ」

則之の発言に、周囲から「おお……」と感心したような声が漏れる。真綾は顔に笑みを貼り付けて、いつものように武装する。こういう場では、話しかけられない限り自分から口を開くなと指導されてきた。女はあくまでも男を立て、三歩下がって歩けばいいという父の考えである。

紹介された大和は、「恐縮です」と則之に応じた。「真綾さんこそ自分にはもったいない素晴らしい女性です」と付け加えることも忘れない。面映ゆさはあるが、彼の気遣いが胸に染みる。自然と顔を綻ばせると、則之は大仰《おおぎょう》なしぐさで「謙遜《けんそん》するな」と笑った。

「きみは悪い噂が何ひとつない。仕事ぶりも上司のお墨付きだ。それに、なんの取り柄もない娘を娶ってくれる優しさもある」

父の言葉に、真綾の心臓がちくりと痛む。こういう物言いは初めてではないけれど、できれば大和に聞かせたくない。彼は、誰かと比較して一方を持ち上げるようなことを言わない人だから、父の発言を快く思わないだろう。

「……お父様、のちほど大和さんと三人でお話させていただいてもよろしいですか？」

真綾が遠慮がちに問いかけると、則之が眉根を寄せた。

「おまえは本当に気の回らない娘だ。人の会話に入ってくるなと言っているだろう」

「……申し訳ございません」

こういうとき下手に反論しては則之の機嫌を損ねる。真綾は実家でそうしていたように、すぐに謝罪した。長年培われてきた〝父に絶対服従〟の精神は、簡単には払拭できない。

時間を作ってもらうために口を挟んだが、失敗してしまった。思わず身を竦めたとき、大和が肩を抱く手に力をこめた。まるで、大丈夫だというように微笑みかけられて、力がふっと抜ける。

「彼女が悪いのではありません。私がお願いしたのです。お義父さんのお時間をいただきたいと。私から申し出るのは僭越な気がいたしまして」

彼は則之に対して下手に出ていた。だがそれは、則之の機嫌を伺っているのではなく、真綾がこれ以上責められないようにするためだ。

しかし、そんな大和の気遣いは則之には通じない。娘の評価は、〝園田家の役立たず〟であり、端《はな》から気を配る対象に入っていないのである。案の定、則之は「きみはもう私の息子だ。何も遠慮することはない」と機嫌よさげに大和を見た。

「これからは真綾を通さずとも、なんでも私に言いなさい。恥ずかしい話だが、わが娘ながら、気が利かなくて手を焼いているのだよ。腹が立つこともあるだろうが、どうか今後はきみが厳しく躾《しつ》けてやってくれないか。夫に尽くすことこそ妻の本懐《ほんかい》だからな」

周囲にいる支持者らは父と同じ年代かそれ以上の男性が多く、時代に逆行しているような男尊女卑の言動をとる人がいる。則之は、今周りにいる人々の考えを把握し、彼らが喜びそうな発言をしていた。

娘婿に寛容な舅《しゅうと》を演じながら、則之は周囲を見回した。

「藤堂くんは、いずれ私の地盤を任せることになる大事な息子です。皆さん、彼の名と顔をぜひ覚えていただきたい」

則之の言葉を聞いた周囲から、ふたたび感嘆の声が上がる。思わず大和を見上げたが、声をかけることができなかった。彼は、ひどく冷ややかに父を見ていたから。

真綾が息を詰めると、大和は則之から目を逸らさず冷静に告げた。

「申し訳ありませんが、ご希望に沿うことはできません」

「……どういう意味だ？」

まったく予想外の答えを聞いたとでも言いたげに、則之の顔が歪む。大物議員と呼ばれ、党の要職に就く則之は、正面から反論される機会などめったにない。太鼓持ちに囲まれて顔色を窺われる立場にあり、自身もそれを誇っているから当然といえた。

不穏な空気を敏感に察知したのか、周囲の人々が遠巻きになる。けれど大和は、義父の立場など関係ないとばかりに表情を変えなかった。

「まず、私の妻に対する発言を取り消していただけませんか。彼女は気が利かないどころか人の機微に敏感です。それに私は、妻を躾けるようなたいそうな人間ではありません。お互いに尊重しながら家庭を築きたいと思っています」

彼は、則之が真綾に対して放った言葉に怒っていた。わかりやすく怒りをあらわにする表情や口調ではない。どこまでも慇懃《いんぎん》に、妻への侮辱は許さないと言っている。

大和の声は決して大きくなかったが、近くにいる人々には聞こえている。その中にいた老齢の女性らは、「素敵な考えだわ」と大和を称えている。

則之の耳にも入ったのか、芝居がかった口調で、「そうでしょう！」と自分に注目を集めた。

「私が引退したあとは、藤堂くんに地盤を譲ります。彼のような若者が、これからの日本をけん引していくのです！」

「いいえ」

再度、則之の言葉を否定した大和は、どこまでも冷静に続けた。

「私はもともと、あなたの跡を継ぐつもりはありません。政治家には興味がないので」

「なっ、なんだと⁉　……それなら、なぜ真綾と結婚を」

「もちろん、純粋に彼女と結婚したかったからですよ。私は、真綾自身に惹かれたんです。園田則之の娘だから惹かれたわけではありません」

則之の地位に価値を見出していない。言外にそう語った大和は、義父へ向けて最後のひと言を告げた。

「どうぞ後進はほかの方にお譲りください。私は、今の仕事と結婚した妻を誇りに思っていますので」

大和の発言に、則之が唇をわななかせている。真綾は夫と父の顔を交互に見るだけで、口を挟むことができなかった。

6章　嘘

年末のパーティーが大波乱のうちに終わり、心の整理がつかないまま新年を迎えた。

初詣に出かけるため、部屋で着物の着付けをしていた真綾は、父の様子を思い返して深いため息をつく。

大和が招待客の前で『跡を継ぐつもりはない』と宣言したことで、則之は大激怒した。

パーティー終了後にふたり一緒に呼び出され、離婚するよう迫られたのである。

もともと自身の地盤を真綾の夫に継がせるつもりだったのに、皆の前で大和に拒否されたのだ。面目を潰された則之の怒りは相当のものである。

(でも大和さんは、わたしのために怒ってくれていた)

彼はもともと、あの場で宣言するつもりではなかった。しかし、大勢の人間の前で平然と真綾を貶める則之の言動に憤った。だから、あえてパーティーの真っ最中に宣言したのだ。妻の名誉を守るために。

「……真綾？　大丈夫ですか？」

「あっ……すみません。着替え終わりました」

大和に声をかけられ我に返ると、慌てて返事をする。近所の神社に初詣に行こうと誘ってくれたのは彼だ。年末の一件で気落ちしている真綾を気遣ってくれたのだろう。

「ひとりで着物の着付けができるんですね」

「はい。実家にいたころは、お正月やパーティーのときに着物だったので……」

彼に答えたものの、実家のことを思い出して視線を下げる。自分はどれだけ父に詰《なじ》られようと構わない。けれど、この前は大和も則之に暴言を吐かれていた。

『貴様を財務省にいられなくしてやる』――そう告げられた彼は、『どうぞご自由に。妻の父親が私怨で圧力をかける政治家だとは思いたくありませんが』と、冷静に答えている。真っ向から則之に対峙する彼は、とても頼もしかった。

だからこそ、真綾は不安だった。財務官僚としてプライドを持っている大和が、もしも仕事がやりにくい状況になってしまったら。そう思うと怖かった。

「行きましょうか。外に出れば気分転換になる」

大和はまるで、真綾が何を考えているのかわかっているように優しい態度を崩さない。

（心配かけないようにしないと）

マンションを出ると、大和に手を差し出された。手を繋げるのが嬉しくて、自然と笑みが零れる。すると彼は、ふと表情を緩めた。

「私も着物があればよかったんですが、あいにくそういう機会がなくて持っていないんです。ふたりで和装なら格好もついたのでしょうが」

「大和さんは、着物も絶対似合うと思います！」

「では、来年はふたりで着物を着付けて初詣に行きましょう」

彼はごく当たり前のように、〝来年〟の話をしてくれる。ずっと一緒にいると、別れるつもりはないという意思表示だ。真綾はそれが嬉しかった。

大和にとって、この結婚は面倒が付き纏う。それなのに、惜しみなく愛を与えてくれる懐《ふところ》の大きさに安心感を覚える。妻でいていいのだと、言葉や態度で示してくれていた。

「真綾が着付けができてよかったです」

「どうしてですか？　もしかして、大和さんのお仕事やご実家の集まりで必要になることがあるんでしょうか」

「そうではありません。仕事も実家もまったく関係ない。私の個人的な趣味です」

にっこりと笑った大和は、やや声をひそめて続けた。

「着物姿のあなたを脱がせても、着付けで困ることがなさそうなので」

大和の言葉を咀嚼《そしゃく》した真綾は、次の瞬間一気に体温が上昇した。

「ぬ、脱がせる予定があるんですか……？」

仮に家であれば、行為に及んでも着付ける必要はない。だが、出先で事に及ぶなら、着崩れた着物を直す必要があるだろう。彼に着物で抱かれる想像をしてしまい、繋いでいる手が熱くなってくる。

しかし大和は、「今日のところはありませんが、いずれ」と意味深に言うだけだった。

それも、綺麗な笑顔と美声で告げられたものだから、よけいに鼓動が跳ねてしまう。

「着物で姫始めをするのも楽しいんじゃないかと思ったんです。ああ、姫始めというのは一般的に男女が年始に性行為をする日だと認識されていますが……」

「や、大和さん！」

真綾は思わず声を大きくすると、きょろきょろと周囲を見回した。幸い周囲に人はいなかったのでホッとしたが、さすがに慌ててしまう。

「私も人前で卑猥な台詞は言いませんよ。あなたに恥ずかしい思いをさせたくありませんからね。それに、照れた顔を他人に見せたくないですし」

可笑しげに彼に告げられ、ますます動揺する。大和といると、いつも感情が忙しない。結婚する前も後も、常に心を奪われている。

話をしているうちに、参道に差し掛かった。さすがに神社の敷地内は参拝客が多く、人の流れに沿って拝殿へ向かう。賽銭箱《さいせんばこ》の前で滞留する人々の後ろに並び、順番を待つ間にとなりを見上げれば、いつもどおり凛々しい姿の彼がいる。美しい佇まいを見ていると、まるで大和の周囲だけ時間の流れが違うようですらある。

「……大和さんはすごいですね」

喧騒《けんそう》に紛れるほどの小さな声で呟いた真綾に、大和は「何がですか？」と不思議そうに首を傾げた。

「先ほど新年早々に不謹慎な発言をしたことでしょうか」

「違います！　大和さんが初詣に誘ってくれたり、その……さっきみたいなことを言うのってわたしが不安になっているのを知っているからですよね。一番嫌な思いをしているのは大和さんなのに……気を遣わせてしまってすみません」

謝罪を口にすると、参拝の順番が回ってきた。彼とともに賽銭を投げ入れると、神妙に手を合わせる。

（どうか、大和さんに何事も起こりませんように）

両親以上に真綾の心を守ってくれようとする優しい人を、絶対に傷つけたくない。神に縋る気持ちで祈りを捧げ、彼を想う。

則之に離婚を迫られた大和は、きっぱりと断った。真綾は自分の妻であり、たとえ親であっても子どもの人生を勝手に決める権利はないと言いきっている。すると父は、『財務官僚風情《ふぜい》が政治家に盾突くな！』と、罵詈雑言を浴びせかけた。そのうえで真綾に、『離婚しなければ絶縁だ』と告げたのである。もう事務所の仕事にもこなくていい、とも。

仕事は残念だが、父の意向に沿えない以上しかたがないし、絶縁される覚悟はあった。

離婚するつもりがないからだ。

しかし則之は、大和への圧力を匂わせている。彼は父の発言を撥ねつけていたが、何が起こるか想像がつかない。それに、母のことが気にかかる。おそらく父にそうとう責められているに違いなく、考えると胸が痛む。

(わたしが大和さんの奥さんでいたいと望んだせいで、周りを巻き込んでしまっている)

ここ数日何をしていても、罪悪感を覚えてしまう。これまで我儘《わがまま》ひとつ言わずに両親に従ってきたから、衝突とは無縁の人生を送ってきた。だから、いざこうして我《が》を通そうとして生じた問題に上手く対応できない。

「……なぜ財務省が最強官庁と呼ばれているか知っていますか？　各省の予算編成を担っているほかに、独自の官邸ネットワークがあるからです」

参拝を終えて参道を歩いていた大和が、脈絡なく語り始めた。突然の話題に驚くも、彼が仕事の話をするのをあまり聞いたことがなかったため、真綾は静かに耳を傾ける。

「財務省は、総理をはじめ、官房長官と官房副長官に秘書官を出しています。たとえば、国会で法律案の審議がある場合、予想される質問と答弁案を事前に纏めた想定問答を事務方が作成するんです」

しかし秘書官は、想定問答を書き換える権限がある。つまり、やろうと思えば想定問答で要《かなめ》となる部分の削除が可能な立場にいる。

国の要職に就く議員の側近である秘書官は、財務省から派遣され、機密情報を一手に握っているのだ。仮に財務省の省益に反する行動を総理が取れば秘書官は財務省に情報をリークし、場合によっては失脚へ導くくらいのことをすると大和は語る。

「まあ、有り体に言えば嫌がらせですね。政治家は勉強熱心な方も稀《まれ》にいますが、その道に精通した各省の官僚の助けがなければ国会審議すらままならないのが実情です。官僚を敵に回せばどうなるか、園田議員も心得ていると思いますよ。もしも議員がなんらかの圧力をかけるのであれば、官邸ネットワークを使ってでも阻止します」

大和は、「だから私のことは心配しなくていい」と静かに微笑んだ。真綾が罪悪感を抱いているのを察し、理屈をつけて安心させようとしてくれている。

（奥さんでよかったたって思ってもらえるような女性でいたい）

今は、落ち込んでいる場合ではない。真綾はようやく迷いが吹っ切れたように、彼を見上げて笑顔を向けた。

「ありがとうございます……。もし父が大和さんに何かするようなら、隠さずに言ってくださいね。わたしも戦います」

真綾にできることは多くない。けれど、父の事務所で働いてきて調査は得意になった。

「いざとなれば、事務所で働いていた経験を活かして父の弱みを握ってみせます。大和さんのお仕事に手出しをさせたくないです」

もう真綾は見つけてしまった。自分を慈しみ、愛してくれる存在を。どれだけ罪悪感を抱えようとも、離れることは考えられない。

「勇ましいですね。でも、そういうあなたも好きですよ」

言いながら、ふと真顔になった大和は、繋いでいる手に力をこめた。

「本当は、もっと上手く話ができれば軋轢《あつれき》は生まれなかった。これは、あの場で辛抱できなかった私の責任です。あなたをご実家との間で板挟みにさせてしまった」

「そんなこと……だって、大和さんはわたしを守ってくれました」

大和が則之に反発したのは、真綾が貶められたから。そうでなければ、彼は別の方法で父に本心を話していたに違いない。

人の波が落ち着いた場所に来ると、彼は足を止めた。繋いでいた手を持ち上げて自身の頬に寄せ、真綾の手のひらに擦り合わせる。

「ねえ、真綾。何度でも言いますが、私はあなたを手離しませんよ。結婚するつもりがなかった男をその気にさせたんです。責任を取って一生添い遂げてくださいね」

とっさに返事ができず、息を詰める。彼は、いつもこうして真綾を虜にしてしまう。罪悪感も不安も塗り替えて、大和一色に思考が塗り替えられていく。

「返事は？」

「はっ、はい……望むところです！」

「あなたは面白いですね。いつも私の予想の斜め上をいく」

可笑しげに笑われて恥ずかしくなったが、彼の笑顔が見られるならよかったと思う。

パーティー以来、鬱々《うつうつ》としていた気持ちが晴れた真綾は、心から微笑んだ。

＊

本年度の通常国会が開幕して数日後、一月下旬。大和は主計局次長の中島に呼ばれ、彼の執務室へ向かった。

財務省の名物になっているらせん階段を上がると、赤い絨毯《じゅうたん》が敷き詰められているフロアに足を踏み入れる。目的の部屋のドアをノックし、ひと声かけて部屋に入った。

「失礼いたします。お呼びでしょうか？　次長」

「挨拶はいい。さっそく本題に入るぞ」

中島は困ったように眉尻を下げ、大和に椅子を勧めた。腰を下ろしたところで、「面倒なことになった」と話を切り出した。

「主税局の肝いりの法案があっただろ。あれな、委員会の審査で難色を示されたそうだ」

「何か不備でも？」

「いや、そうじゃない。ただ、委員会のメンバーが園田議員の派閥で固まってる」

端的に告げられた大和は眉をひそめた。中島の言わんとしていることを即座に察したからである。

国会に提出された法案は、各委員会によって審査される。各党議員や学識経験者らで構成される委員会で審議し、採決されれば本会議で審議の運びとなる。つまり、委員会で弾かれれば本会議で審議されることはない。

「……なるほど。園田議員が、財務省《うち》に対する嫌がらせを始めたと？」

「そうなるな。しかも園田議員は、うちのトップ《財務大臣》に『藤堂大和を地方へ飛ばせ』と言ってきたそうだ。仮にも娘の旦那に対する言葉じゃないだろ。……何かあったのか？」

「私は、園田議員の後継者になるつもりがないと申し上げただけです。それが気に入らないので公私混同しているのでしょう」

淡々と説明する大和に、中島は額に手を当てて宙を仰いだ。

「あー……それは議員にしたら怒り心頭だろうなあ」

「ええ。離婚しろと言われました。もちろん、妻と別れるつもりはありませんが」

中島に答えながら、内心でため息をつく。

則之は、主税局の法案を盾に大和を脅してきた。園田則之の娘と財務省職員が結婚し、則之と良好な関係を築けると考えていた財務大臣や主税局の局長は、さぞ驚いたことだろう。法案成立に協力するどころか、自身の派閥を使って審議の妨害をしてきたのだから当たり前といえる。

真綾には、『いざとなったら官邸ネットワークを使う』と言ってあるが、それは最終手段だ。過去にそういった嫌がらせを財務官僚が行ったことはあるし、もっとえげつない手段で官邸と対立したのは事実だが、大和個人としては馬鹿馬鹿しいと思っている。

対立するにしても、実際に行動に起こすのではなく可能性を示唆《しさ》するだけでよかった。答弁書や想定問答の書き換えを行えば、質疑の場で議員は無力だ。しかし、国会の審議を中断させればほかの重要法案を審議する時間を奪うことになる。ただマウントを取りたいがためにすべき行動ではない。それは、大和の官僚としての矜持である。

（べつに、地方に飛ばされようが俺は構わない。だが、真綾は自分を責めるだろうな）

財務省を巻き込んで園田則之と敵対するのは、後々の禍根を考えると避けたい。やはり、則之本人に嫌がらせをやめさせるのが得策だろう。

「主計局長はおまえのことを買っているし、財務大臣もそれは一緒だ。だが、園田議員と真っ向から対立するのは、ちょっと時期がまずかったな。法案さえ通してしまえば、園田議員の圧力なんてどうとでもいなせるんだが」

「ご心配をおかけして申し訳ありません。早急に対処します」

「何か策はあるのか？」

中島の問いに、緩く首を振る。

「それはこれから考えます」

則之には、国税に弱みを握られるような不透明な金の動きはないという。政治家が恐れる調査能力を持つ国税をもってしても、園田事務所の金の流れはクリーンなのだ。だから財務省の強みを駆使し、則之の弱みを握ることはできない。交渉のカードを端から切れないのは正直痛い。

「何かできることがあれば言ってくれ。こっちとしても、おまえに戦線離脱されると困る。早いとこケリつけないと、主税局もうるさいからな」

「承知しました」

一礼して執務室を出ると、一度主計局へ戻って庁舎を出た。議員会館へレクチャーに行くためだ。すると、正面玄関の階段前で意外な人物と出会う。外務省に勤める友人・安西である。

安西は大和を見つけるなり笑みを浮かべ、小走りに駆け寄ってきた。

「藤堂、ちょうどよかった」

「なんだ？　今、時間はないぞ」

「俺もないよ。国際局に行くところでさ。途上国支援の立案の件で、意見交換に呼ばれて……ってそんなことはどうでもいい。おまえ、園田議員相手にやらかしたんだって？」

「早耳だな。どこで聞いた」

肩を竦めて答えると、安西が声をひそめる。

「園田議員の第一秘書が噂の出どころだよ。『年末のパーティーで、娘婿が先生の顔に泥を塗った。先生はご立腹だ』ってね」

則之の第一秘書といえば、東野という男だ。妙に真綾に馴れ馴れしく接していたことを思い出し、感情が波立つ。

（俺が真綾と結婚しなければ……園田議員の跡を継いでいたと言っていたな）

東野の様子では、則之の後釜を狙っていると見て間違いない。そしておそらく、真綾に対し好意を抱いている。大和にしてみれば、妻に不埒な真似を働く油断のならない男だが、相手にしてみれば、則之の後継の座と真綾を奪った大和はさぞ憎らしいだろう。

「藤堂、大丈夫か？」

安西の声で思考から引き戻される。大和は「大丈夫だ」と応じ、ため息をついた。

「園田議員について何か情報があれば教えてくれ。……とりあえず、くだらない真似をやめさせないといけないからな」

「まあ、それはいいけど……本気で義理の父親と敵対するのか？」

「妻を守るために必要だったらするさ」

迷いなく告げた大和は、何か有効な情報を手に入れたらすぐに知らせるよう念を押して安西と別れた。

（さて、どうしたものかな）

議員会館へ向かう道すがら、考えを巡らせる。政治家にとって一番の弱みである金の流れがクリーンな以上、則之は盤石《ばんじゃく》といっていい。それならば、何が交渉の材料になるかを見極めなければならない。

則之の性格を見るに、大和が謝罪をして恭順を示さない限り怒りを解くことはない。けれど大和にそのつもりはまったくない。

有権者の前で見せる顔とその他の人間への態度が違うのは政治家にままあるものの、則之の場合は特に顕著で、真綾への接し方など目に余る。

（俺がここで謝れば、パーティーでの発言が間違いだったことになる）

もとより、謝罪撤回するくらいなら端から則之に意見などしない。それに、自分の派閥にいる議員を使って法案を潰そうとするやり方も気に入らなかった。

なんらかの手段を講じ、則之の言動を封じる必要がある。大和は心を固めると、冷たい空気を切り裂くように足を進めた。

＊

二月に入り、世間ではバレンタインムード一色になっていた。

買い物から帰ってくると、チョコレート作りに励むのが最近の真綾の日課だった。もちろん、大和にプレゼントするためである。

実家とは、年末のパーティー以来距離を置いている。いや、そうせざるを得なかった。真綾は父母に連絡したが、則之からは電話もメッセージもない。雅美はというと『お父様に謝りなさい』の一点張りで話にならない。

則之の事務所にも行けないため、現在は完全な専業主婦である。大和は、『真綾が働きたいのであれば止めませんが、無理はしないでいいですよ』と、意思を尊重してくれている。ありがたいと思うし、彼の収入は生活するに十分過ぎるほどだったが、真綾自身はいずれ働くつもりだ。

なんの仕事でもいい。自分にできることを探して、社会に関わっていきたい。いろいろな人と携わって成長できれば、大和のそばに堂々といられると思うから。

（今日も、大和さんは遅いのかな）

真綾はキッチンを片付けるとリビングのソファに移動し、携帯の画面に目を向ける。時刻は午後九時。すでに通常の勤務は終えている時間だ。けれど最近の彼は帰宅が遅く、夕食を一緒にとることが少なくなっていた。

仕事が増えたからしばらく忙しいと、彼から説明があった。一緒に暮らし始めてからまだそう時は経っていないため、繁忙期《はんぼうき》のサイクルはまだ理解していない。

だから、考えてしまう。今、大和が多忙なのは、仕事以外のトラブルではないか、と。それとなく彼に尋ねたことはあったが、「心配いりませんよ」と笑顔で躱《かわ》された。その後、〝心配してくれたお礼〟と称し、身体を愛でまくられた。思い出すだけで頬が熱くなる行為だったけれど、誤魔化された気もする。

（大和さんは優しいから、わたしが心配しないように抱え込んでしまいそう）

真綾が心配するのにはわけがある。則之の発言があるからだ。もしも父が彼に圧力をかけていたらと思うと、気が気でなくなる。とはいえ、大和が何も言わない以上、できるのは妻として彼の生活を支えることだけだ。

いつ帰ってきてもいいように、夕食はすぐに温められるよう準備を整えている。彼を待つ間は、携帯で就職情報サイトを覗いていた。これといった就職先はまだ見つからないが、様々な業種の給与体系を知るだけでも勉強になる。

「……こうして見ると、いろいろな職種があるんだな……」

感嘆しつつ、今度はニュースをチェックする。すると、則之と同じく与党の次期総裁候補と言われる議員――田森《たもり》が写真つきで報道されていた。

今年は秋口に総裁選が控えているため、何かにつけて『総理にふさわしい人物は誰か』というアンケートが各所で集計されている。一位には園田則之の名があるが、その次に人気が高いのが田森だ。則之よりも十歳若い田森は、見目がいいことから女性人気も高い。

総裁選は、園田と田森の一騎打ちだと目されている。

（そういえばお父様は、田森議員のことを調べていたっけ）

父の秘書・東野経由で調査を命じられていたことを思い出す。しかし、年末のパーティーの一件で園田事務所をクビになり、そのままになってしまった。

（仕事は、わたしの代わりなんていくらでもいる。けど……）

ふと、雅美の顔が脳裏に浮かぶ。男子を産めなかったことを、今は亡き園田の祖父母から散々責められ続けた母。今度は父から、真綾の行動を咎められているかもしれない。

一度考えてしまうと、ずるずると思考の波に呑み込まれそうになる。ひとりで過ごす時間が多いからなおさらだ。

「大和さん……」

思わず彼の名を呟いた、そのときである。

「はい。ただいま、真綾」

ソファ越しに背中から抱きしめられ、驚いて首を振り向かせる。思考に耽っていて気づかなかったが、大和が帰宅したのだ。

「おかえりなさい、大和さん。すみません、気づかなくて」

「構いませんよ。リビングに入ったら名前を呼ばれたので驚きましたが……何か、あったんですか？」

「い、いえ！　ちょっと寂しくなっただけです」

母のことが気がかりだなんて言えば、大和にいらぬ心配をさせてしまう。慌てて取り繕うと、彼は秀麗な顔を物憂げに曇らせた。

「なかなか定時で上がれずに申し訳ありません。あなたに寂しい思いをさせてしまって反省しています」

「そんな……！　わたしのことなんて気にしないでください」

「私が気になるのは、あなたのことだけですよ。それ以外のことはわりとどうでもいい」

大和は指先で真綾の唇をなぞり、魅惑的に微笑む。至近距離で彼と視線を合わせると、いつも鼓動が跳ね回る。自分が夫に夢中なのだと思い知る瞬間だ。

「また就職情報サイトをチェックしていたんですか？」

彼は真綾から手を離して移動し、となりに腰を落ち着けた。上着のボタンを外し、ネクタイを緩める姿につい見惚れつつ、「さっきまで見ていました」と答える。

「世間一般的な企業や非正規雇用の給与体系を見比べていたんです。わたしは父の事務所でしか働いたことがないので……仕事をするなら事務職かなって思っているんですが、なかなか条件に合った募集がなくて」

「事務職にこだわる必要はないと思いますよ。自分の可能性の幅を狭めないで、いろいろ挑戦してみればいい。たとえば、あなたの得意な調べものを活かした仕事とか」

言いながら、大和が真綾の肩を引き寄せる。彼と密着すると安心する。いつの間にか、この腕の中が居場所になっていた。

彼を失いたくないと心から祈り、無意識にスーツの袖をきゅっと握ると、大和が応えるようにこめかみにキスをくれた。

「落ち着いたら、あなたのためだけの時間を作ります。だから今は、少しだけ……待っていてもらえますか?」

「……はい。わたしに何かできることがあったら言ってくださいね」

彼に微笑んだとき、大和がふとテーブルの上にある真綾の携帯に目を向けた。画面に表示されているニュースを見て、ふっと笑う。

「やはり、お父さんに関わるニュースは気になりますか?」

「あっ、これはたまたま見ていただけです。まだ事務所で働いていたときに、田森議員について調査するように言われて……」

真綾が説明すると、それまで笑みを浮かべていた大和の表情が変化した。

「同じ党の議員を調査、ですか……」

「理由は聞いていませんでしたし、そのあと事務所へは行かなくなってしまったので、なんのための調査だったのかはわからないんですけど」

彼は眉根を寄せると、思案するように目を伏せた。

今の会話で何が大和の興味を引いたのかは謎だが、口を挟まないでおく。思考の邪魔をしたくないからだ。

大和との生活を守るため、自分にできることをひとつひとつするしかない。真綾は彼のぬくもりに抱かれ、そう心に刻んだ。


翌日の夕方。いつものように夕食の準備をしていると、携帯が着信した。

画面に表示された名前を見て驚き、一瞬出るのをためらう。

（えっ、東野さん？）

東野と以前会話をした際に手を握られたことや、『あなたと結婚して先生の地盤を引き継ぎたいとずっと思っていました』と明かされてから、苦手意識が芽生えている。

個人的な接触がいっさいなかった男からの電話を訝《いぶか》しく思ったものの、園田事務所の仕事で何か引き継ぎがあるのかもしれないと思い直す。父の第一秘書は使いで事務所によく顔を出していたから、可能性は充分あった。

「……はい、藤堂です」

迷った真綾は、電話で用件だけを聞くことを決めた。〝藤堂〟と名乗るのはまだ慣れないが、今は気恥ずかしさよりも緊張感を覚えている。しかし相手は、真綾よりもさらに緊迫感のある声で告げた。

『お嬢さん、落ち着いて聞いてください。今日、奥様がご自宅で倒れられました。今からお迎えに上がりますので、すぐに実家にお戻りください』

「っ、お母様が……⁉」

瞬間、目の前の景色が歪むほどの衝撃を味わったが、なんとか堪える。今は動揺している場合じゃないと自分を叱咤し、「すぐに向かいます」と応じると、東野は『五分後にマンション前で』と言って通話を切った。

動揺して携帯を持つ手が震えるも、『母が倒れたと連絡があったので実家に行きます』と大和にメッセージを送った真綾は、そうそうに出かける準備を始めた。

（わたしが、お父様の言うことを聞かなかったから……お母様は心労で倒れてしまったのかもしれない）

母を思うと胸が痛むが、今は感傷に浸っている場合じゃない。着替え終えると、取るものも取りあえずマンションを出る。すると出入り口の車寄せに黒塗りの車が停まっていた。真綾の姿を認めた東野が、運転席から助手席を指し示す。ドアを開けて乗り込んだと同時に、車は実家に向かって走り出した。

「東野さん、母は自宅にいるんですよね？　お医者様に連絡は……」

「すべてこちらで手配しましたので問題ありません」

「ありがとうございます……」

園田家には専属の主治医がいて、何かあれば駆けつけてくれる手筈《てはず》になっている。則之が、健康不安を囁かれるのを嫌っているからだ。表立って通院すれば、政敵に弱点をさらすことになり、支持者に不安を与える。だから不調のときは、主治医を呼んで診《み》てもらっていた。

雅美が医師に診てもらっているとわかりひとまず安堵した真綾だが、それでも両手は震えている。これまでに母が倒れたことなどなかった。政治家の妻として公の場に立つことがあるため、健康にはことさら気を配っていた人だ。

（やっぱり、わたしのせいで……）

自責の念に駆られていると、やがて車は園田邸の敷地内に入った。

東野は則之を送迎するときと同じように、車を玄関に横づけした。車が停まった瞬間、真綾は転がるようにして久しぶりに訪れた日本家屋へ足を踏み入れる。

「お母様……！」

長い廊下を駆けていき、母の部屋の障子を開けた。しかし――部屋の中は想像していたような光景ではなかった。てっきり床に臥《ふ》せっていると思っていた雅美は、優雅に花を活けていたのである。

「真綾……そんなに慌ててどうしたのです？」

「お母様が倒れたと、東野さんから聞いて戻ってきたんです。大丈夫なんですか？」

顔色も悪くないし、とても倒れた人間には見えなかった。怪訝に思って問いかけると、遅れて入ってきた東野が、背後から真綾の両肩を摑む。

「先生のご指示ですよ、お嬢さん」

「えっ……」

「年末のパーティーでの一件で、先生はいたくお怒りです。藤堂さんは、お嬢さんと別れる素振りがないどころか、無礼を詫びにもこないのですからね。『藤堂大和を地方へ飛ばせ』と財務大臣に言って少しは殊勝《しゅしょう》になるかと思いきや、その様子もない。そこでしかたなく、強制的に別れさせることにしたそうです」

淡々と語る東野に、自分が騙されてこの場に連れてこられたのだと悟った真綾は、怒りと安堵がない交ぜになってずるずるとその場に座り込む。

このところ大和の帰宅が遅かったのは、やはり則之が関係していたのだ。それなのに何も言わずにいる彼の懐の深さと愛に、胸が締め付けられる。

（本当は、別れたほうが大和さんのためになる。でも……約束したもの）

落ち着いたら真綾のためだけの時間を作るから、待っていてくれと彼は言った。だから、大和を信じて待つことが自分の務めだ。

真綾は茫然《ぼうぜん》としている雅美に目を向け、笑みを浮かべた。

「……お母様は、倒れたわけではなかったんですね……よかった」

　自分のせいでつらい思いをさせてきた負い目があるから、母には心穏やかに過ごして欲しいと願っていた。ふたたび心労をかけている身でおこがましいが、今もその気持ちに変わりはない。だが――。

「……東野さん。わたしは大和さんと別れるつもりはないと、父にお伝えください。絶縁されても構いません。ですが、彼に圧力をかける真似はやめてください」

　膝に力が入らず座ったままの姿勢だったが、強い意志をこめて東野を見上げる。けれど、父に従順な秘書は真綾の言葉を鼻で笑った。

「あなたの気持ちなど関係ありません。『別れさせる』と先生がおっしゃったら、必ず実行するでしょう。お嬢さんもよくご存じのはずだ。それにあなたがおとなしく別れれば、藤堂さんが地方へ飛ばされる心配はなくなりますよ」

「結婚して間もなく別れることになれば、父にとって醜聞になるんじゃありませんか。有権者の目を気にする人が、わざわざそんなことをするとは思えません」

　大和を盾にするような発言に負けじと反論するが、東野は緩く首を振る。

「別れたことをわざわざ公表する必要はありません。仮に知られたところで、離婚なんて珍しいものでもない。先生にとって重要なのは、ご自分の後継者です。藤堂さんにそのつもりがない以上、あなたを別の男と再婚させるというのが先生のお考えですから」

どこまでも話は平行線だった。東野は、則之に命じられてこの場に真綾を連れてきた。大和と別れさせ、ほかの男——おそらく、目の前の男と再婚させるつもりなのだろう。

(お父様は本気でわたしたちを別れさせようとしているんだ)

則之は、大和を快く思っていない。自分の後継に望むくらいに買っていただけに、衆人環視の前で虚仮《こけ》にされたことが許せないのだ。

「……帰ります。お母様が無事だとわかったなら、ここにいる理由はありません」

立ち上がった真綾は、東野の脇をすり抜けて部屋を出ようとする。しかし男に腕を摑まれ、持っていたバッグを取り上げられた。

「な、何をするんですか……っ、返してください……！」

「お嬢さんをご実家から出さないように先生に命じられています。おとなしくご自分の部屋でお過ごしください。私も手荒な真似はしたくないので。それに……あなたが逃げれば、お母様がまた先生に糾弾《きゅうだん》されますよ」

東野の言葉に身体が強張る。やはり母は、父に責められていた。振り返れば、雅美が縋るような眼差しで真綾を見上げていた。

ほんのわずかに心に迷いが生じ、声を詰まらせる。祖父母や父から非難される姿を見てきたからこそ、これ以上自分のせいで苦しめたくないと思ってしまう。

「携帯と財布はお預かりします。屋敷の警備員にはお嬢さんを外に出さないよう通達済みですので」

事務的に告げた東野は、取り上げたバッグを掲げながら雅美に目を向けた。

「奥様、お嬢さんにくれぐれも言い含めておいてください。今後の園田家のために」

雅美は答えなかった。ただ、蒼白《そうはく》な顔で肩を震わせている。何も言わなくても、その表情こそが則之の仕打ちを雄弁に語っていた。

大和と別れるつもりはない。ただ、今無理に屋敷から出ようとしても失敗する。東野や警備員を振りきって逃げおおせるとはとても思えない。

それなら、今できることをすべきだ。覚悟した真綾は、静かに問いかける。

「……東野さん。父は今日何時ごろ戻りますか」

「本日は会合がありますので、お帰りは深夜になるかと。先生に直談判でもするおつもりですか？　無駄だと思いますが」

「わたしは、大和さんと別れません。父にも必ずわかってもらいます」

真綾は東野にきっぱりと言いきると、雅美に向き直る。

「ひとまずわたしは、以前使っていた部屋で過ごします。……わたしのせいで、ずっと苦しい思いをさせてしまって申し訳ありませんでした」

今回の一件だけではなく、自分が生まれたときから周囲に責められ続けた母に、期待に応えられなかったことを謝罪する。けれど、大和と結婚したことや、彼のそばにいたいと願う気持ちは謝らない。

　真綾は心を強く持つよう自分に念じ、自室へ向かうのだった。

＊

　同日、夜。午後九時過ぎに帰宅した大和は、明かりを点けてリビングに入った。誰もいない部屋はやけに寒々しく感じ、ため息をついてソファに座る。

　真綾からのメッセージに気づいたのは、マンションに戻る直前だった。もっと早く携帯を確認していれば園田邸に行ったのだが、気にする余裕がなかったのだ。

（……真綾からは、夕方以降連絡はない。そんなに重篤《じゅうとく》な状態だったのか？）

　大和は、連絡が遅れた詫びと母親の状況を尋ねるメッセージを送った。しかしメッセージには既読がつかず、返信もない。

　真綾が『実家へ行く』と連絡を入れてきたのは夕方。母親が倒れたのだから、心労もそうとうのものだろう。もともと彼女は両親思いだ。父親に道具のように扱われ、母親が祖父母に責められるのを見て育っても、前向きさと純粋さを失わずにいる。そういう女性だから、大和も心惹かれた。

（今晩は、実家に泊まるのかもしれないな）

則之は不調の妻の面倒を見るタイプではないだろうし、真綾は倒れた母親を放って帰宅できる性格ではない。

（落ち着いたら連絡があるだろう）

自分を納得させると、彼女がそばにいないことを物足りなく思いながら、携帯の画面に上司の名、主計局次長の中島の名を表示させた。タップしてコールすると、ほんの数コールで応答がある。大和は無駄な挨拶を省き、端的に用件を伝える。

「藤堂です。ご相談していた件で、進捗《しんちょく》がありましたのでご報告を」

『何か摑んだのか？』

「ええ。友人の手を借りて、きな臭い情報を手に入れました。詳しくは明日にお話ししますが、手ごたえは上々です。次長や局長の手を煩わせずに済みそうです」

『そうか。くれぐれも慎重にな』

「肝に銘じます」

短い報告を終えて電話を切ると、ソファに深く背を預ける。

このところ帰宅が遅かったのは、通常の仕事ではなく別件で動いていたから。むろん、園田則之の圧力を封じるための手札を揃えていたのである。

（あまり、こういう手段は使いたくなかったが……この際、贅沢《ぜいたく》は言っていられない）

次期総理の呼び声の高い則之を敵に回すのは厄介だ。だからこそ、焦りは禁物だ。

官僚にとって、総理という神輿《みこし》は軽いほうが都合がいい。省益を優先した政策を立案できるからだ。

則之は妻や娘を駒のように扱う傲慢さがあるものの、政治家としては優秀な部類に入る。国会や委員会での質問や、議員立法、内閣へ提出する質問主意書の作成などの目立った活動をしない議員も多くいる中、国会や委員会で則之の発言は多かった。官僚を呼んでレクチャーもよく受けている。

(人間性と政治家としての資質は別物なんだと、あの人を見ていると実感する)

自身の後継を強く望むあまりに公私混同しているが、決して無能ではない。だからこそ、タチが悪い。扱いを間違えれば、今回のように周囲を巻き込む暴挙に出る恐れがある。先ほど中島が『くれぐれも慎重に』と念を押したのは、財務省の利益を損なうことを懸念しているからだろう。

真綾との結婚生活の継続を第一に考えながら、省益を損なわず、かつ則之をやり込める。骨の折れることこのうえない作業に、疲労を濃くする大和だった。

翌朝。起きてすぐに携帯を確認したものの、真綾からの連絡は入っていなかった。既読すらついていないことから、嫌な予感が脳裏を過ぎる。

考えられる可能性はふたつ。よほど雅美の具合が思わしくないか、もしくは――なんらかの理由で実家に留まっているかである。どちらも五分五分の確率だ。けれど真綾の性格からして、大和に連絡すらしないのは考えにくい。

（父親に、足止めされたのか？）

考えてから、軽く舌打ちをする。本当はすぐにでも彼女の状況を確かめたいが、出勤時間が迫っているため叶わない。そして大和の想像が正しければ、ただ真綾を迎えに行くだけでは解放されないだろう。

出勤の準備を済ませると、朝食をとらずに部屋を出る。真綾がいなければ食事も味気ない。自分のためだけに用意するのが億劫だったのだ。

（昨日は眠りが浅かったな）

真綾とベッドに入るのが日課だったから、ひとり寝に違和感を持つようになってしまった。朝起きたときに、目が、手が、無意識に彼女を捜している。彼女との生活が日常になっている証だった。

どこか気分が晴れないまま、マンションのエントランスを出る。すると、車寄せに停まっていた車から見覚えのある男が出てきた。

「おはようございます。藤堂さん」

「……おはようございます。東野さん」

車から出てきたのは、則之の秘書・東野である。挨拶のみを口にした男は、持っていたブリーフケースから茶封筒を取り出すと大和に差し出した。

「これは？」

「先生から預かってまいりました。記入済みの離婚届です」

一瞬瞠目《どうもく》した大和は、茶封筒の中から用紙を取り出す。たしかに真綾の名が記入されていたが、彼女の文字ではない。おそらく、第三者が勝手に記入捺印《なついん》したのだろう。

「私文書偽造、という言葉をご存じですか？　園田議員の使いのあなたに言ってもしかたのないことでしょうが」

言いながら、射竦めるように目の前の男を見据えた。

東野は真綾との結婚を望んでいる。それも、則之の後継になりたいがためだけに。悪びれもせず彼女にそう告げたこの男の言葉は、大和にとって許しがたい。

「先生は、私をお嬢さんの再婚相手に望まれています。あなたが先生の後継者にならない以上、お嬢さんは差し上げられない。何事もなく財務省で仕事をしていたければ、素直に離婚届に判を押すことですね」

東野は挑発に乗らず、言いたいことだけを述べて車のドアを開けた。大和は内心の憤りを無理やり押し込め、冷静に声を投げる。

「真綾は実家ですね？」

「ええ。ですが、お会いにはなれませんよ。お嬢さんは今、籠《かご》の中の鳥同然です。先生がお許しにならない限り、一歩も屋敷外に出ることはできません。あなたも諦めて、早く次のお相手を見つけることです。離婚さえ成立すれば、先生も藤堂さんに興味はなくなる」

どこまでも勝手な言い分に、思わず眉根が寄った。真綾の気持ちを無視して事を進めようとし、駒としてしか扱わない傲慢さに腸《はらわた》が煮えくり返る。

「園田議員にお伝えください。真綾は誰にも渡さない。――近日中に、手土産を持って迎えに行きます」

「何をするつもりか存じませんが無駄ですよ。先生はもう藤堂さんを見限って、私を後継にするおつもりですし」

「園田議員の後継の座には、あなたが座ればいい。私はただ、彼女が欲しいだけだ」

これ以上の問答は無用だ。大和は自身の意思を告げ、その場を立ち去る。手にした離婚届を握り潰したい衝動に駆られたものの、自分の成すべきことのためにそれを堪えた。

7章　愛をたくさん注がれて

実家に戻ってから三日目の朝。真綾はそれまでの二日間と同じように、午前七時半にリビングへ向かった。則之と顔を合わせる機会が、この時間しかないためだ。

「おはようございます、お父様」

「……おまえの願いとやらは聞かんぞ」

挨拶すらせず、うんざりといった様子で則之が答える。

母が倒れたと嘘をつかれて屋敷に連れ戻されると、軟禁生活が始まった。しかし、ただ留まっているわけではない。則之を説得するため、家にいるときは張りついていた。

「聞いてくださるまで、何度でも言います。大和さんのお仕事を邪魔するのはやめてください。そして、わたしを家に帰してください。あの人と別れるつもりはありません」

「おまえの意思など関係ない。文句があるのなら藤堂に言え。あの男は、支持者の前で私に恥をかかせたんだ。相応の罰を与えるのは当然だ」

「大和さんは、わたしを庇ってくれただけです……っ。罰を受けるようなことなんて何もしていません！　それに、大和さんは財務省の仕事に誇りを持っています。跡継ぎにならないから嫌がらせをするなんて理不尽です！」

思わず声を荒《あら》らげた真綾に、則之は鬱陶《うっとう》しそうに顔をしかめる。

「雅美、真綾を黙らせろ！」

則之の怒声が響き、母が困ったように真綾を見つめた。

「真綾……お父様を困らせないで。これからお仕事に向かわれるのだから、気持ちよく送り出すのは私たちの務めですよ」

「わたしは困らせたいのではありません。道理に反しているお父様の行動を正していただきたいだけです」

父の怒りにも母の困惑にも怯まず、静かに答える。大和と出会う前なら、則之に怒鳴られたら畏縮していた。いや、そもそも反抗しようという気がなかった。

けれど、父を前にして臆してはいられない。大和への嫌がらせをやめてもらうために実家にいるのだ。則之に離婚を迫られようと、自分の気持ちは変わらない。もちろん、彼もそうだと信じている。

「わたしは離婚はしません。大和さんも同じように思ってくれています。今、お父様がなさっていることはすべて無駄なんです」

「無駄だと？　馬鹿を言うな。あの男には、おまえの名前を記入した離婚届を渡してある。

東野に持って行かせたが、受け取ったと言っていたぞ」

「離婚届……⁉　どうしてそんなことを勝手に……っ」

「おまえは園田家のひとり娘だ！　勝手な真似をしているのはどちらかを考えろ！」

ふたたび怒気を滲ませた則之は、立ち上がって部屋を出た。まさか父が離婚届まで準備していたとは思わなかった。改めて本気で別れさせようとしているのだと思い知り、真綾はぐっと奥歯を嚙みしめる。

携帯を東野に取り上げられてしまったため、大和に連絡できない。屋敷に固定電話はあるが、彼の番号を覚えていないから意味がない。

（きっと、心配しているだろうな……）

父の説得がままならない悔しさと、大和にまた嫌な思いをさせてしまった申し訳なさとでつい視線を下げる。すると雅美が、少し意外そうに真綾を見た。

「……真綾がお父様に反抗するなんて初めてね。あんなふうに言い合うなんて驚いたわ」

「わたしは、ずっと諦めていたから……。でも、大和さんと会って教えてもらったんです」

ずっと無価値だと思っていた自分に、居場所を与えてくれたのは彼だった。大和のくれた愛情に応えるためなら強くなれる。

「お母様、申し訳ありません。わたしは……お父様の期待に応えられません」

真綾は静かに告げると、リビングを後にした。その足でキッチンへ向かい、落ち込みかけた気持ちを奮い立たせる。

（わかってもらえるまで、何度だってお父様に訴えよう）

自分に言い聞かせるように心の中で呟くと、冷蔵庫からチョコレートを取り出す。昨日、家政婦に頼んで購入してもらったものだ。バレンタインに大和に贈るチョコの練習をするためである。

バレンタインデーまであと五日。それまでになんとか則之を説得し、大和のもとへ帰ろうと決意した。タイムリミットを設けなければ、このままずるずると実家に留まることになりかねない。説得が不発に終わった場合は、どんな手段でも彼の待つマンションへ戻るつもりだった。

（大和さんは、甘いものが苦手じゃないからよかった）

彼は真綾の作る食事やスイーツを残さず食べてくれる。いつだったか好みを尋ねたところ、『真綾が作るものならなんでも好きです』と言ってくれたが、あまり手の込んだものよりもシンプルなスイーツを好むようだ。

バレンタインは既製品ではなく手作りにしようと張りきっていた。騙されて実家に連れてこられなければ、今ごろは試作品を大量に作っていたことだろう。

大和と初めて迎えるバレンタインデーまでに、この件を解決したい。その想いが、今の真綾を支えていた。

屋敷に軟禁されて五日が経ったが、父との会話は相変わらず平行線を辿っていた。則之は屋敷にいる時間が極端に少なく、話し合う時間も余地もなかなか与えられない。

なんとか現状を打開すべく、帰宅する父を待ち伏せて訴えたこともあった。けれど、状況は芳《かんば》しくない。進展のない状況に焦りが募り、無力感に苛まれてしまう。

(今日もお父様は遅いのね……)

キッチンで時計に目を遣った真綾は、小さく息をついた。時刻は午後八時。この分だと父の帰宅はここ数日と同じで日付を跨《また》ぐころになる。そうなると朝に話すしかないが、それも則之が朝食をとる間だけで、せいぜい二十分程度のことだ。真綾の主張に対し、父は自身の考えを曲げることはない。実家に戻って嫌というほど思い知った。

(大和さん、どうしているかな)

彼と結婚し、これほど長い時間顔を合わさないのは初めてだ。そして、ひとりベッドで眠ることも。大和のぬくもりがどうしようもなく恋しくて、最近寝不足になっていた。

「……チョコも、このまま渡せないのかな……」

何も解決しないまま、バレンタイン当日になってしまった。彼のもとへ帰れることを願ってチョコを作ったが、外出もままならない状態では会うことすら難しい。

大和の顔が見たい。会って、声が聞きたい。味方のいない屋敷内で孤軍奮闘していたもののの、つい弱気になって俯く。そのとき、ドアをノックする音がした。

「あなたは、まだ諦めていらっしゃらないんですか」

呆れたように言いながら入ってきたのは、東野だった。彼はテーブルに置いていたチョコを見遣ると、小馬鹿にしたような笑みを浮かべる。

「これから藤堂さんが離婚届を持って来るそうです。一時間もすれば到着するでしょう」

「そっ……そんなわけありません。嘘をつかないでください！」

〝離婚届〟という単語を聞いた真綾は、にわかに信じられずに反論する。しかし東野は、自信たっぷりな様子で口角を上げた。

「嘘ではありません。先生に直接お渡しするそうです。先生もそろそろお戻りになるころですし、直接お聞きになってはどうです？」

（本当に、大和さんが離婚届を持って来るの？　わたし……もう大和さんの奥さんでいられないの……？）

大和に直接聞くまでは、彼が離婚しようとしているなんて信じない。そう思うのにショックを受けてしまうのは、やはり不安だから。連絡すらできない中、大和が離婚届を持って来ると聞かされれば、動揺するのはしかたのないことだった。

つい視線を下げた真綾に、東野は追い打ちをかけるように続けた。

「離婚届を提出すれば、あなたは晴れてひとり身です。女性の再婚禁止期間である百日を過ぎたら、すぐに籍を入れましょう。ああ、私は一応妻は大事にしますよ。あなたが妙な気を起こさない限りは」

「勝手なことを言わないでください……っ。わたしは、たとえ離婚されたとしても再婚するつもりはありません」

不安を抱えながらも、毅然と答える。しかし東野には響かないようで、鼻で笑われただけだった。彼はチョコに手を伸ばすと、止めようとする間もなくそれを掲げた。今日作ったばかりのトリュフチョコで、大和を想って作った品だ。

「返してください……！」

とっさに取り返そうと手を伸ばした真綾だが、東野は不快そうに顔をしかめると、チョコをゴミ箱に捨ててしまう。

「藤堂さんへのチョコなんて、もう不要でしょう。あなたは私の妻になる準備をすればいいんです。あなたがおとなしくしていれば、彼に圧力をかけることはありません。先生も本気で財務省と事を荒立てるつもりはないでしょうからね」

東野の台詞は容赦なく真綾の心を抉った。この男は則之と同類だ。自分の目的のためなら、他人を駒のように扱おうと心を痛めない。それを当たり前のように受け入れていたときもあったが、今は違う。もう誰かの駒でいようと思わない。

「大和さんと会って話を聞くまでは、誰の言葉も信じません」

真綾は怯まないよう両手を握りしめると、キッチンを出て行こうとする。ところが、東野に手首を掴まれた。ぞわりと肌が粟立って振り払おうとするも、いつぞやのように離してくれない。

「困ったお嬢さんだ。あの男の前に二度と顔を出せないように、あなたを犯してもいいんですよ？　それくらいのことなんて心を痛めずにできます」

まったく感情のこもっていない顔で東野が言う。男の本気を悟った真綾が身体を強張らせたとき、力任せに引き寄せられた。

「っ、やめてください！」

「お嬢さんはだいぶ反抗的になられたようなので、この辺でご自分の立場をわからせて差し上げましょうか。あなたは近いうちに私の妻になる。あなたのお母様のように、夫には絶対服従でいてもらわないと困ります」

腰を抱き込まれ、身体が密着する。大和以外の男に抱きしめられているのが耐えられない。なんとかして逃れようと身を捩ると、ニットワンピースの上から臀部を揉まれた。

「いっ、いや……っ」

真綾が声を上げて抵抗したときだった。

「……真綾、東野さん。あの人が帰ってきたわ。リビングにいらっしゃい」

雅美がキッチンに顔を出し、ふたりに声をかけた。東野は悪びれた様子もなく真綾を解放し、笑みを浮かべて一礼する。

「わかりました。では、私は先に向かいます。真綾お嬢さん、今の続きは近いうちに」

東野はすでに真綾を自分のものだと勘違いしているような態度だった。彼が立ち去ると、がくがくと膝が震えていることに気づく。

この状態では父と会話なんてできない。真綾は恐怖を誤魔化すようにコップに水を注いで飲み干すと、無理やり気持ちを切り替えて母に向き直る。

「お母様に来ていただいて助かりました。ありがとうございます」

「……お礼を言われることではないわ」

きまりが悪そうに答えた雅美は、おもむろに真綾の両手にそっと触れた。

「私は今でも、あなたはお父様に逆らうべきではないと思っているわ。あの人が敷いたレールの上を歩いていれば苦労しない。その考えは変わらない。けれど……」

雅美の目が、捨てられたトリュフチョコを捉えた。わずかに瞳を揺らし、どこか後悔を滲ませる声で続ける。

「そんな親のエゴで娘を傷つけていた。家に戻ってきたあなたを見て気づいたの。もうお父様の言いなりに人生を歩む娘ではないって。自分で考えて行動して、愛する人を見つけられたのね」

「はい」

迷いなく頷いた真綾に、雅美は今まで見たことのないような穏やかな表情を浮かべた。

「あなたはこの家に生まれたせいで、背負わなくていい罪悪感をその身に負うことになってしまった。長い間苦しめてごめんなさい……真綾。でも、これからは自分のために生きなさい。この家に囚われることなく自由に」

思うところがあったのか、「真綾をもうこの家に縛り付けたくない」と言って母が笑みを見せる。

すべてわかり合えたわけではないだろうが、それでも雅美は自由に生きることを認めてくれた。この家で味方がいなかった真綾にとって、それは大きな前進だ。

母に礼を告げると、緊張しつつリビングへ向かう。声をかけてドアを開けると、ソファには則之が座り、その傍らに東野が立っていた。

真綾が部屋に入るなり、則之は笑い声を上げた。

「藤堂大和がとうとう離婚届を持ってやって来るぞ。省内の立場とおまえとを秤にかけ、どちらが重要か理解したのだろう。藤堂に離婚届を渡されれば、おまえもよけいな未練は残るまい。諦めて東野の妻になれ」

「お断りします」

真綾は間髪を容れずに答えると、堂々と父に答えた。

「もしも大和さんと離婚をしたとしても、わたしは誰とも再婚しません。この家を出て、ひとりで生きていきます」

「何を馬鹿なことを。世間知らずのおまえが、私の庇護なく生きていけるはずがない」

「やってみなければわかりません！」

今までになく声を張り、則之を見据える。たしかに真綾は世間知らずだ。けれど、もう父の庇護下で言いなりになることはない。それまで軽んじられてきた真綾に価値を見出してくれた彼の想いが、女に生まれた罪悪感を優しく拭い去ってくれたから。

「大和さんを愛しています。だからわたしは、彼以外の奥さんになるつもりはありません。もしもお父様がこれ以上あの人を苦しめるのなら、わたしのすべてを懸けてお父様の政治家生命を絶てるような弱点を見つけます。……絶対に、諦めません」

それは、真綾の決意表明だった。自分が身を引けばすべてが丸く収まると考えないこともなかったけれど、自分を犠牲にするような真似を彼は望まない。そんなことをさせるなら、大和は最初から真綾と結婚なんてしなかっただろうから。

「弱点だと？　私にそんなものがあると思っているのか。このバカ娘が！」

怒気を孕んだ則之の声が、リビングに響き渡る。気圧されないように、真綾が奥歯を噛みしめたとき、リビングのドアが静かに開いた。

その場にいる皆の視線が向くと同時に、静かに室内に足を踏み入れたのは大和だった。

「皆さんお揃いでしたか。遅れて申し訳ありません」

六日ぶりに顔を見た大和は、いつもと同じように涼やかな印象だった。自分に圧力をかけた張本人を前にしても冷静で、慇懃な態度を崩さない。

彼は真綾のとなりに立つと、持っていたブリーフケースから茶封筒を取り出した。

「お約束どおり、離婚届を持ってきました」

「ふん、ようやく離婚する気になったか。遅いくらいだが、まあいい。ようやく貴様も自分の立場というものがわかったようだな」

則之は勝ち誇ったように言うと、東野に「受け取ってこい」と命じる。命令に従った男が大和の前に立って手を差し出す。

しかし、茶封筒から離婚届を取り出した大和は、すぐに渡すことはせず、則之と東野に見えるように用紙を掲げた。

「どうやら勘違いされているようですが――これが、私の答えです」

離婚届に大和の名はなく、真綾の名だけが記されている。顔を見合わせた則之と東野の前で、彼はためらいなく用紙をびりびりと引き裂いた。

「貴様、どういうつもりだ！」

目を剝いた則之が思わずといったようにソファから立ち上がる。けれど大和は動じずに、端正な顔に笑みを浮かべた。

「私は、離婚するつもりはありません。今日は園田議員に私の意思をお伝えしたうえで、真綾を返していただくためにお邪魔したのですよ」

「ふざけるな……！　貴様、どこまで私を馬鹿にすれば気が済むんだ。私がひと言かければ、貴様などすぐに閑職《かんしょく》に追い込めるのだぞ！」

「私は特に、主計局にこだわっているわけではないので構わないのですが……あなたの圧力に屈するようなことになれば、真綾が悲しむので」

激高する則之とは対照的に、大和は冷静沈着である。圧力をかけられている人間の態度とは思えないほど堂々と、則之に対峙する。

「そこで、園田議員。私と取引をしませんか？」

「取引だと？　何を馬鹿なことを。私が応じるとでも思っているのか」

「あなたが欲しがっていた田森議員の情報、と言えば興味を引かれるのでは？」

大和の言葉に、則之が目を瞠る。それは、真綾が園田事務所にいたときに調べろと命じられていた議員の名前だった。

「貴様がなぜ田森の情報を……」

「ヒントは真綾がくれました。あなたが同じ与党内の議員の情報を欲しがっているということは、何かあると考えるのが自然でしょう。そこで少々伝手を頼り、田森議員の政治資金規正法違反の証拠を手に入れました」

則之と東野の顔色が変わった。まさに彼らが欲していた証拠が、大和の手の中にある証だ。彼はふたりを見据え、恬淡《てんたん》と語る。

「田森議員の資金管理団体は、政治資金収支報告書に記載すべき収入を過少に記載していたようです。園田議員と並んで次期総理候補と謳《うた》われる田森議員が地検に逮捕されるようなことがあれば、次期総裁は園田議員、あなただ」

田森の支持率は則之に次いで現在二位である。だが、徐々に勢力を伸ばしつつあり、若手議員らが田森を中心に新たな派閥を形成する動きもある。それを危惧《きぐ》した則之が、弱みに成り得る情報を欲していると気づき、情報を探ったのだと大和は語った。

(それじゃあ、お父様は……田森議員を蹴落とすために不正の情報を得ようとしていたってことなの?)

予想外の事態に驚いていると、則之が憎らしげに大和を睨みつける。

「……小賢しい真似を。それで貴様は、私に勝ったつもりか。甘い男だ」

「もとより勝負をしているつもりはありません。私の要求はただひとつ。真綾と一生夫婦でいることです。その他のことはどうでもいい」

はっきりと言いきった大和に、東野が信じられないというように額に手を当てた。

「……ただお嬢さんと添い遂げるためだけに、我々が入手に苦労していた情報を持ってくるとはね。それも、この短期間で」

「私にとって、真綾はそれだけ大切だということです。もし彼女を悲しませることがあれば、それこそ財務省を巻き込んで園田議員の敵に回ります。あなたたちは、官邸主導を掲げている。我々官僚には目の上のたん瘤《こぶ》なので。その点、田森議員は官僚が御しやすい政治家だ。彼が総裁になったほうが、我々には都合がいい」

「にもかかわらず、私の総裁への道を邪魔しないと？」

大和の発言を聞いた則之が、呆れたように肩を竦めた。大和は首を縦に動かすと、ふたりに向けて言い放つ。

「私は、政治家になるつもりも真綾と別れる気もありません。それに、政治家の虚偽記載を見逃すわけにはいかない。こちらとしては、総裁選後に国税と地検を動かしてもいいのですが——それなら、より効果的に田森議員の醜聞を明らかにしたほうがお互いの利になるでしょう？」

端整な顔に凄艶《せいえん》な笑みを浮かべ、大和が言う。財務省主計局が予算編成を担うのに対し、主税局は徴税権を持っている。国税庁に属している国税局は、財務省の下部組織だ。つまり彼は、主税局の権限で国税の動きにストップをかけられると言っている。

則之が盤石の態勢で総裁選に臨むには、田森の存在は邪魔になる。ここで大和の申し出を断ると、虚偽記載の件で田森を潰すのは難しい。せっかくのネタをみすみす逃しては、次にいつ機会が訪れるかわからない。

「園田議員。あなたの跡を継ぐのは真綾の夫に限らなくてもいい話でしょう。ご自分の後継者を望むあまり、足元を疎かにしていると総裁の座が遠のきますよ」

言いながら、大和はブリーフケースからＵＳＢメモリを取り出した。

「虚偽記載に加えて、田森議員は一年前に外遊先で不倫相手と密会していたようですよ。ここに、証拠の写真が入っています。私費で行く分には倫理観が問われるだけですが、この場合の旅費は公費で賄《まかな》われている。不倫旅行に税金を使うような人間は、総裁にふさわしいとは言えませんね。同行した外務省の職員も嘆いていたようだ」

ダメ押しとも言える情報を前に、則之が唸り声を上げた。その様子を見つめていた真綾は、父がかなり葛藤《かっとう》していることを表情から悟った。

真綾の夫に跡を継がせようとしたのは、自身の地盤を継ぐ人間を熱望してきたから。いずれ生まれるだろう子どもにも、政治家の道を歩ませるつもりだったに違いない。

しかし、大和の握っているライバル議員の不正と不倫の証拠は、今の則之に必要なものだ。家庭人としては褒められた人物ではないが、政治家としての顔は別。不正に手を染めることなく国政に携わってきた。それは則之の矜持である。

「同じ党の議員の不正を告発する機会は、そう多くありませんよ。上手くやれば、あなたは国民の大多数の支持を得たうえで総裁になれる。一国の総理の座と自身の後継者となる人間を作り上げること、今のあなたにどちらが重要かはおわかりでしょう」

「忌々《いまいま》しい……それが官僚のやり方か」

吐き捨てるような則之の言葉を、大和はすぐに否定する。

「いいえ。これは、私個人の考えです」

真綾との生活を脅かす真似をしなければ、田森の不正を明らかにする権利を譲るという。

大和の発言は、普通の人間なら眉をひそめるかもしれない。ただ彼は、政治家・園田則之を理解していた。この取引で得るメリットとデメリットを秤にかけ、則之は必ず話に乗ると踏んでいる。

「さあ、園田議員。ご決断を」

「……貴様のような後継を得たら、さぞ心強かったことだろうな」

苦虫を嚙み潰したような表情をした則之が、ため息をついた。

「わかった、条件を呑もう。もう貴様たちを別れさせるような真似はせん。委員会の審査の妨害も、財務大臣への私の発言も取り消しておこう。それでいいか」

「ええ、それともうひとつ」

大和は則之と視線を合わせたまま、真剣な顔で続けた。

「真綾を侮《あなど》る発言は、今後いっさい控えてください。あなたは何もできないと思っているようですが、彼女は素直で努力家だ。私の自慢の妻です」

則之は無言だった。父親という立場になったとき、則之は愛情を持って接してくれる人ではなく、真綾が男子でないことを本当に残念に思っている。そのうえ、男尊女卑である。おそらく、そう簡単に考えは変わらないだろうし、それでも構わないと真綾は思う。

「お父様、わたしを大和さんと引き合わせてくださり感謝しています。期待に沿えない娘で申し訳ありませんでした。ですが……これ以上お母様のことを責めないでください。わたしは自分の意思で、大和さんと夫婦でいることを選んだんです」

真綾の謝罪にも、やはり父は答えない。だが、もう男子に生まれなかったことに罪悪感を抱くことはない。女に生まれたからこそ、大和と結婚して愛し合えたからだ。

大和を見上げると、柔らかい笑みで応えてくれる。ようやく彼のとなりに戻ってこられた安心感に包まれ、その胸にしがみついた。


その後。六日ぶりに大和と一緒にマンションに戻った真綾は、キッチンであるものを作った。準備を終えて彼の待つリビングに入ると、テーブルに並べる。

「大和さんにどうしても食べてもらいたくて」

帰って来た時間が遅く、あまり手間をかけられないため、簡単に用意できるチョコレートフォンデュにした。チョコに絡める具材はマシュマロのみだが、愛情だけはこめている。

「初めて大和さんと過ごすバレンタインなので、本当はもっと手間をかけたチョコを用意したかったんですけど」

　田森議員の不正の証拠を集めるために、大和がかなり無理をしたのは間違いない。今回は政治資金収支報告書の虚偽記載のみならず、件の議員の不倫旅行の証拠まで揃えている。外務省の友人経由でもたらされたのだと聞き、ますます申し訳なくなってしまう。

　マンションへ戻る道すがらそう話したところ、大和は『大したことはしていませんよ』と笑みを浮かべるだけだったが、言葉どおりに受け取ることはできない。

「父を説得してくれてありがとうございます。それに、わたしのことまで……いっぱい迷惑をかけてしまってすみませんでした」

「迷惑だなんて思っていません。私は自分のやりたいように行動しただけです。それに、お礼を言うのは私のほうですよ」

　言いながら、大和は自分のとなりに座るよう真綾を促した。ソファに座ると、彼に顔をのぞき込まれる。

「今までバレンタインなんて意識していませんでしたが、あなたがいるからこういうイベントも悪くないと思える。……せっかくなので、ひとつだけお願いしてもいいですか？」

「もちろんです。なんでも言ってください！」

「それなら、あなたの手で食べさせてもらえますか？　私へのご褒美に」

　にっこり笑って乞われた真綾は、「そんなことでよければ」とすぐに請け負った。気恥ずかしい気もするが、彼から何かを頼まれること自体が珍しい。こうしてまた一緒に過ごせるのも大和の尽力にほかならず、望まれればなんだってするつもりでいた。

真綾はフォークに刺したマシュマロにたっぷりチョコを絡ませ、彼の口元へ持っていく。

大和は薄い唇を開くと、ひと口で食べて満足そうに微笑んだ。

「とても美味しいです。あなたも味わってください」

「えっ……んんっ」

問い返す間もなく口づけられて、くぐもった声が漏れた。突然のキスに驚いたものの、抵抗せずに受け入れる。たった六日間会えなかっただけで、恋しくてしかたなかった。触れ合うことで、なんの憂いもなく夫婦でいられるのだと実感できる。

唇を割って入った舌先に自分から舌を絡めると、濃厚なチョコの味と香りがした。久しぶりの甘く蕩けそうな口づけにうっとりする。好きな人に求められる嬉しさから、キスに夢中で応えていたとき、ニットワンピースの上から乳房を揉まれた。

「んっ……ン、ふ……っ」

乳房に刺激を与えられ、体内に官能の火が灯っていく。優しく双丘を揉み込まれると、布と擦れた乳頭がじくじく疼く。直接触られていないことがもどかしくなり、はしたない欲望が湧いてくる。徐々に高められる快感に身を捩ったとき、唇を離した彼が薄く笑う。

「真綾、脱がしてもいい？」

「は……い」

　頬が熱くなるのを感じつつ承知すると、大和に手際よく脱がされた。彼は自身の上着を抛ってネクタイを外し、真綾に膝を跨がせた。向かい合わせの体勢になると、背中に手を回してブラのホックを外される。

「駄目だな。一度触れると止まらなくなる。あなたがいない間、こうして触れたくてしかたなかった。無事に戻ってきてくれて本当によかった……真綾」

　心の底から安堵したように息をついた大和は、真綾の頬に自分の頬をすり寄せてくる。

　彼のしぐさに鼓動が跳ねる。こんなふうに甘えられることなんて、今までなかった。裏を返せばそれだけ心配をかけていたことにほかならず、胸がいっぱいになる。

「わたしも……ずっと、会いたかったです。ひとりで眠るのはすごく寂しかった」

「離れている間も同じことを考えるなんて、似たもの夫婦ですね」

　ふ、と表情を和らげた大和は、真綾のブラを取り去った。縛めを解かれてふるりと揺れる胸に手を這わせられ、思わず彼の肩を摑む。

「や、大和さんも脱いでください……わたしだけ、恥ずかし……んっ」

「では、脱がせてくれますか？」

　ねだるような眼差しを向けられて、ずくずくと身体が疼く。久しぶりにキスをしたことですっかりスイッチが入ってしまい、もっと触れたくなっている。浅ましい欲望に一瞬ためらったとき、耳朶に唇を寄せられる。

「真綾、俺の頼みを聞いてくれる？」

耳の奥に浸透する低い声に、真綾の体温が上昇する。彼が初めて〝俺〟と言ったことも相まって、興奮が増してしまう。至近距離で聞く大和の声は、真綾にとって媚薬《びやく》のようなものだ。羞恥を優しく拭われて、本能を揺さぶられる。

「わかりました……」

消え入りそうな声で返事をすると、おずおずとシャツのボタンに手をかける。ぎこちない手つきで首もとからひとつずつ外していくが、恥ずかしさで顔を上げることができない。落ち着きなく視線を彷徨わせると、あらわになった胸板や鎖骨に目に入る。彼の体つきはとても綺麗だ。つい見入ってしまうほどに。

導かれるように、大和の胸に唇を当てる。いつも自分がされるように軽く吸い付くと、彼がわずかに身じろぎした。

「また、あなたは煽ってくれますね」

「えっ……あ、んっ」

ふたつの胸の尖りを摘まれて、思わず背をのけぞらせる。中指と親指でくりくりと扱かれると少しずつ芯を持ち、どんどん敏感になっていく。

「ん、ぁっ……大和、さ……ンッ」

「今夜はゆっくり時間をかけて愛してあげますから……覚悟してくださいね」

「嬉し……っ、んんっ」

離さないで欲しいし、離れたくない。そんな思いで彼を見つめると、股座《またぐら》に腰を押し付けられた。硬いもので布越しに擦られ、ショーツの中で肉芽が疼く。指先で弄ばれている乳頭はいやらしい形に勃起し、意図せず腰が揺れてしまう。

（どう、しよう……わたし、すごく感じちゃってる）

まだ夜は長いのに、今からこんな状態でこのあとどうなってしまうのか。想像するだけで胎内が快楽に染まっていく。

ショーツの中がしっとりと湿り気を帯びている。このままでは彼のスーツに染みを作りそうな勢いだ。けれど、硬い彼自身が擦りつけられる感触が気持ちよすぎて、自分から離れることができない。

「腰、動いてますね。可愛い、真綾」

「あっ、わたしだけ……気持ちよく……んっ……大和さん、も」

「充分に感じていますよ。わかるでしょう？」

ぐいぐいと前後に腰を揺すられると、花蕾と布が擦れて喜悦が走る。乳房と一緒に刺激されるものだからたまらない。自分ばかりではなく大和をもっと喜ばせたいのに、そんな手管は持ち合わせていなかった。

「や、まと……さ、んっ……わたし……も、何か、できること……」

「健気なことを言われると、図に乗ってしまいますよ」

大和は嬉しそうに目を細めると、ちらりとテーブルに目を向けた。

「真綾が作ってくれたチョコを、美味しくいただく方法を思いつきました。……試してもいいですか？」

「は、はい……」

突然の話題に戸惑いながらも頷くと、彼は真綾を膝の上から下ろした。テーブルの上に置いてあったスプーンでチョコを掬い、真綾を押し倒す。

「こうやって味わえば、より美味しくなると思いませんか？」

「あっ……」

大和は掬ったチョコを真綾の胸に纏わせた。両方の乳房の中心からチョコを塗され、とろりとした感触にぞくりとしたとき、彼がふくらみに舌を這わせた。

「あ、んっ……ソファ、汚れちゃ……ぅっ」

「ソファくらい構いませんよ。まあ、汚す前に全部舐めますが……気になるなら、寝室に移動しましょうか」

艶笑した彼は立ち上がり、真綾を抱きかかえた。動転する真綾をよそに寝室に入り、そっとベッドに下ろすと、言葉どおり丁寧にチョコを舐め取っていく。

ざらついた舌先が肌を滑るたびにびくびくと腰が震える。甘い匂いと彼の舌先に身体が蕩け、浅く呼吸を繰り返しながら喘いでいた。

「んっ、ぁっ……や、ぁっ……」

乳首を吸引された真綾は、思わず腰を浮かせた。すると、それを見計らったかのようにショーツの紐を解かれてしまった。愛液を吸い込んでいた布を取り去られ、シーツに染みこみそうなほど蜜が零れる。

「あんっ……これ以上、は……だ、め……ぇっ」

下腹に力をこめて溢れる蜜液を留めようとすると、乳房から顔を上げた大和が微笑んだ。

「真綾、もっと俺に没頭して」

「ふ、ぁああっ」

濡れそぼる蜜孔に指を挿入され、ぐちゅりと水音が鳴った。熟れた肉襞は彼の指に絡みつき、ぎゅうっと締め付けている。疼いていた部分に望みどおりの刺激を与えられ、真綾の身体は小刻みに揺れていた。

(これ以上どうやって大和さんに夢中になるの？)

蜜孔を犯す指も乳首や肌を舐め回す舌も、的確に真綾を追い詰める。肉壁を強く押し擦られて下腹部に意識がいくと、今度は乳頭を甘噛みされた。淫猥な動きで攻め立てられ、真綾はいやいやをするように首を振るしかできない。

「んぁっ……やま、と……さん……んく、ぅっ」

いつの間にか二本に増やされた指が、膣道を圧迫する。胎の奥が熱くなり、真綾は彼の肩に縋りついて快楽に耐えた。心と身体が大和一色になり、思考が奪われる。指戯と舌戯に酔いしれて、意思に関係なく手足を不規則に動かしてしまう。

もどかしさと切なさで、肌がぞくぞくする。昇り詰めていくのがわかって知らずと息を詰めると、蜜孔を犯していた指を引き抜かれた。

「真綾、欲しいですか？」

顔を上げた大和に問われ、真綾は小さく頷く。彼と深く繋がれる喜びを知っている。それに、彼にも気持ちよくなってもらいたいという思いが溢れ出る。

「ほ、欲しい、です……」

「素直ですね。いい子だ」

大和は自身の服をすべて脱ぎ去り、真綾の手を引いて身体を起こした。促されて彼の両足を跨いで膝立ちになると、チョコが残る胸を舐められる。

「あっ……」

「こうしていると、あなたごと食べている気になりますね。全身チョコ塗れにして舐め回したくなってくる」

彼の言葉に驚くが、嬉しいと思う。真綾を望んでいるのだと常に伝えてくれる大和に、少しでも応えたい。愛しい人に求められている実感が、言葉となって零れ落ちる。

「大和さんが、望むなら……チョコ塗れでもいい、です」

「……あなたは、出会ったころから変わりませんね。人のためにいつも一生懸命だ。だから俺も夢中にさせられる」

まいったと言いたげに囁いた大和は、真綾の腰を撫でた。敏感になっている身体は、わずかの刺激で力を失う。淫液に濡れた内股を震わせていると、彼はねだるような甘い声で真綾に告げた。

「腰を落として自分で挿れて？　真綾」

「わたし、が……？」

「駄目ですか？」

自分から積極的に彼を受け入れたことはない。けれど、今の真綾に迷いはない。それが愛情を伝える術なら、どんな恥ずかしいことでもしたかった。

恐る恐る腰を落としていくと、蜜口と切っ先が触れ合った。愛液の滴るそこにあてがうだけで、かなりの硬度だとわかる。直に彼の興奮が伝播《でんぱ》して、胎内が熱く潤む。

（もう、少し……）

丸みを帯びた肉棒の先端に恥部を押し付けたが、自らの淫蜜で滑って上手く入らない。視線を下に向けると、血管が浮き出るほど反り返る肉塊がある。彼が自分に欲情していることをありありと感じ、連動して真綾の欲も増した。

「は、ぁ……んっ……」

大和の肩を強く摑み、狙いを定めて腰を沈める。蜜汁で潤った淫孔は彼の先端をぐぷりと呑み込み、その熱さに身震いした。

「は……先が入っただけで気持ちがいい。俺のために頑張ってくれて嬉しいですよ」

真綾の細い腰に手を添えた大和は、欲望を湛えた声音で言う。

「頑張ってくれたお礼に、たくさん感じさせてあげます」

「あっ⁉ ん、ぁあああ……ッ」

ぐいっと腰を下に引かれ、膝が崩れる。その拍子に大和自身を深く咥え込んでしまい、たまらず背をのけ反らせた。深く挿入されたことで圧迫された蜜肉が歓喜にわななく。頭の芯が痺れるほどの強い悦楽を得た真綾の瞳には、意図せず涙が浮かんでいた。

「は、ぁっ……大和さ、ん……っ」

「気持ちいい？」

「んっ……好すぎて、おかしくな……」

「いいですよ、もっと乱れても。いやらしいあなたも魅力的です」

囁いた大和は、腰を前後に揺すり始めた。胎の中にすき間なく埋め込まれた雄槍に媚壁を摩擦され、じゅぶじゅぶと淫らな音が室内を満たしていく。

（奥……あたって、る……っ）

根本まで受け入れた雄茎は、真綾の最奥を貫いていた。彼の形に拡がった内部はびくびくと蠕動し、肉塊を引き絞っている。

「っ、はぁっ……この六日間、あなたを抱きたくてしかたなかった」

息を乱した大和に言われ、答えるよりも先に蜜窟が窄まった。全身で喜びを伝えているような反応だ。どこもかしこも敏感になり、彼と交わっている感覚が強くなる。

腰を前後に動かされると、下生えと淫芽が擦れて肌が粟立つ。どうしようもなく昂ぶった身体は貪欲に雄肉を食み、真綾を高みへと押し上げていく。

「大和、さん……大和さん……っ」

名前を呼ぶと、彼は真綾の蜜襞を削りながら胸の頂きに吸い付いてきた。上下の快感に耐えられなくて背をしならせると、双丘を彼に突き出す格好になってしまった。すかさず勃起した乳首を吸引されて、蜜肉が蠕動する。

（気持ちよすぎて、溶けちゃいそう……）

快楽に浮かされた頭は朦朧とし、ひたすらに大和のくれる愉悦に浸ってしまう。

「真綾、愛してる。一生、一緒にいてください」

胸の頂きから唇を離した彼に言われ、真綾の瞳から涙が零れ落ちる。

「何があっても……絶対に、離れません……！」

大和の想いに応えると、胎内の雄茎の質量が増した。限界まで押し拡げられていた淫窟が苦しいほどに圧迫されたが、同じくらいに喜悦が高まる。

するると、それまで前後に腰を揺すっていた大和が、上下に動きを変化させた。

「あぅっ……んっ、ああっ……！」

媚壁が肉槍のくびれに抉られたかと思うと、最奥を貫かれる。座位で繋がっていることで自重がかかり、彼自身を胎の奥底まで招き入れる。

チョコの残滓《ざんし》がある双丘は彼が動くたびに上下に揺れ、硬く尖った乳首が空気の振動を快楽に変換する。直接的な刺激に加え、目の前の大和の顔が愉悦に染まっていることも真綾の悦びを増幅させた。

（あっ、もう少し、で……）

体内に溜まった悦が今にも弾け飛びそうで、真綾は知らずといきんでいた。目の前の彼に縋りつき、せり上がってくる絶頂に総身を震わせる。

「達く……っ、も、達っちゃう……っ」

「いいですよ、何度でも達かせてあげますから」

艶のある低音で短く告げた大和は、真綾の耳朶を食んだ。ぬるりとした感触と耳の奥に響く水音に煽られて、蜜襞がびくんと収縮する。真綾の限界を知った大和の攻め立ては容赦なく、結合部からはずぶずぶと淫音が絶え間なく鳴っていた。

彼自身を強く押し込まれ、強烈な淫悦に襲われる。雄塊と密接に絡み合った肉襞が痙攣し、真綾は白い喉を曝《さら》け出した。

「あっ、ぁあっ……ンッ、く……ぁああ……ッ」

艶声を上げて快感を極めると、目の前がちかちかと明滅する。玉のような汗が全身に滴り、恥部は淫らに蠢いている。

全身が虚脱して、彼の肩に頭を預ける。そのまま瞼を下ろしそうになったとき、ふたたび腰を揺すられた。

「んっ、ま、まだ……っ」

絶頂を駆け抜けたばかりで、全身が性感帯のようになっている。淫口はどろどろに蕩けてこれ以上ないほど感じているのに、彼が動くと快楽の塊が身体に埋め込まれるようだった。蜜洞を痙攣させて大和の肩に爪を立てると、呼気が耳朶を撫でた。

「俺が達くまでもう少し付き合ってもらえますか」

声と同時に突き上げられた真綾は、自分の胎内でますます漲る彼自身《みなぎ》に戦《おのの》く。熟れきって収縮を繰り返す肉襞をこれでもかと擦り立てられ、彼に揺さぶられるままがくがくと腰を痙攣させた。

「ンッ、んぁっ……あ、ぅっ、また、きちゃう……ッ」

胸が押し潰れるほど大和と密着し、彼の素肌と乳頭が擦れ合う。身体の内側も外側も愉悦に侵され、真綾は忘我の境地で喉を振り絞った。

「あぁっ、ぅ、は……んっ、ぁああ……っ！」

「真綾……っ」

背を反らせて再度高みへ昇り詰めると、大和に荒々しく口づけられた。強く抱きしめられたかと思うと、胎内を犯す彼自身が膨張する。次の瞬間、どくどくと脈打つ肉棒が最奥に向かって吐精し、その感覚に身震いした。

愛する夫と身も心も繋がる喜びで、真綾はとてつもない幸福を覚えた。

エピローグ

外気が低くなり、肌を撫でる風に冷たさを感じるようになった秋口。真綾は大和と共にリビングでニュースを見ていた。テレビ画面では、総裁選で勝利した与党の新たなトップが堂々とインタビューに応じている。

「予想どおりの結果ですね」

新総裁である則之を画面越しに眺めながら、大和が言う。

ふたりを離婚させようとしていた則之に対し、彼が交換条件を持ちかけてから七カ月ほど経過している。その間に父は、手に入れた対抗馬の醜聞を余すところなく利用して徹底的に叩き潰した。

則之が大和から情報を手に入れたのは二月。だが、すぐには件の議員・田森の醜聞を明らかにはしなかった。機を狙っていたのだ。

マスコミと検察に情報を提供したのは、五月半ば。会期が終了する一カ月前のことだった。重要法案が可決したあとに、国会が紛糾《ふんきゅう》するよう仕向けたのである。

議員には不逮捕特権があり、国会会期中に逮捕されることはない。例外として検察が裁判所を通じ国会に逮捕許諾請求をして認められた場合は、特権に関係なく逮捕となる。しかし、会期の終了間近に情報を提示したことで。国会に許諾請求せずに逮捕できるタイミングを狙ったのである。

政治資金収支報告書の虚偽記載に加え、女性問題が致命的になった田森は、会期が終わると逮捕された。則之は同じ党でありながら、不正を徹底的に追及する姿勢を見せたことで支持率が上がった。対抗馬と目された男がいなくなったことで、圧倒的な票数を勝ち取り新総裁に就任したのだった。

「……お父様は、この先も約束を守ってくれるでしょうか」

父のインタビューを聞きながら、真綾の脳裏にかすかな不安が浮かぶ。総裁選が終わって目的を達成したことで、また大和に何か仕掛けてくる可能性はゼロではなく、それだけが唯一の懸念材料だ。

「大丈夫ですよ。しばらくは、就任したばかりで後継問題どころではないでしょう。それに、お義母さんも協力してくれる。あなたの頑張りのおかげで」

大和の言葉に、真綾は照れくさく思いつつはにかんだ。

二月の一件以降、雅美は少しずつ変わっていた。それまで則之に従うだけだったが、最近は自分の考えを伝えるようになったという。真綾が大和を選び、自分の道を歩き出したことで、母の心境に変化を及ぼしたようだ。

「……父が何かをしようとしたら、戦ってくれると母も言ってくれました」

「あなたのお母様ですから、もともと芯の強い方だと思います。後継の件は、あの第一秘書の方に頑張っていただきましょう」

すべてが解決するには時間がかかるだろうが、いずれいい形に収まるはずだと言う彼に、真綾もそう信じられる気がした。

そして、真綾自身にも変化があった。四月から弁護士事務所の事務員として働いており、毎日多忙な毎日を送っている。最近では、日本弁護士連合会が実施している『事務職員能力認定試験』を受験するための勉強も始めた。

仕事を決めたとき大和は、『真綾に向いていそうですね』と応援してくれている。彼の理解があるからこそ仕事に就くことができ、充実している。

「あまり仕事に没頭しすぎて、俺を放置しないでくださいね」

「そんなことあるわけないです。わたしは、大和さんがいるから仕事も頑張れるし……最高にしあわせなんですから」

「それなら、俺と同じですね」

大和は微笑むと、優しく唇を重ねる。甘く穏やかな時間を愛する彼と過ごせる幸福に、真綾はしばし浸っていた。

あとがき

御厨翠《みくりやすい》です。このたびは、拙著をお手に取っていただきありがとうございます。

本作はタイトルどおり、『お見合いから相思相愛になった』夫婦の物語です。

官僚と政治家が出てくるので、つい、『脱官邸主導政治、省益優先、担ぐ神輿《みこし》は軽いほうがいい』と公言する政治家嫌いの官僚VS『既得権益重視、官僚は我々の手足だ』と言って憚《はばか》らない政治家が、永田町《ながたちょう》を舞台に権謀術数《けんぼうじゅっすう》の限りを尽くす戦いを繰り広げ——というおよそTLには不向きな話を書きかけたものの、ヴァニラ文庫ミエル様のレーベルカラーに合わせて甘い話に仕上げました。

とある事情を抱えてお見合いに臨んだヒーローとヒロインが、お互いに惹かれ合っていちゃいちゃ夫婦になる姿をお楽しみいただければ幸いです。

イラストは、八千代《やちよ》ハル先生が担当してくださいました。もともと先生のイラストが大好きなのですが、特に今回はヒーローの格好よさに悶絶しています。口絵のヒーローの眼差しに身悶えました。ヒロインもとても可愛らしい女性に描いていただき感謝の念に堪えません。（諸々ご迷惑をおかけして大変申し訳なく思っております）

お忙しいところお引き受けくださり、本当にありがとうございました……！

ここからは謝辞を。担当様を始めとする、本作の刊行にお力添えをくださった皆様。紙書籍、電子書籍を各書店でご購入くださった皆様に、この場を借りてお礼申し上げます。また、ＳＮＳで購入写真をＵＰしてくださる方々や、ポジティブなご感想で作品を紹介してくださる皆様にも感謝の気持ちでいっぱいです。

あとがきを書いている現在、緊急事態宣言で不要不急の外出自粛に加え、各業種へ休業要請もあり、不安なニュースを多く耳にします。先の見えない現状ですが、一刻も早い事態の終息を祈るとともに、拙著が皆様の気分転換になることを心より願っております。

令和二年・六月刊　御厨　翠

お見合いだけど相思相愛!?

～エリート官僚は新妻を愛でたおしたい～

Vanilla《ヴァニラ》文庫 Miel《ミエル》

2020年6月5日　第1刷発行　　定価はカバーに表示してあります

著　作　御厨 翠　©SUI MIKURIYA 2020
装　画　八千代ハル
発行人　鈴木幸辰
発行所　株式会社ハーパーコリンズ・ジャパン
東京都千代田区大手町1-5-1
電話　03-6269-2883（営業）
0570-008091（読者サービス係）
印刷・製本　中央精版印刷株式会社

Printed in Japan ©K.K.HarperCollins Japan 2020 ISBN978-4-596-41253-9